ぼくらの卒業旅行《グランド・ツアー》

宗田 理

カバーデザイン◎荻窪裕司
カバー・本文イラスト◎加藤アカツキ

CONTENTS

主な登場人物

菊地英治《きくちえいじ》…………〈ぼくら〉シリーズの主人公。思いやりとアイディア豊か、いたずら好きで行動的。現在、N高校3年生。

相原《あいはら》　徹《とおる》…………N高3年。中学1年からの英治の親友。クールな中に、思慮深さと果断さを併せ持つ、頼りになる存在。

中川冴子《なかがわさえこ》…………N高3年。英治の同級生で、白血病と闘っている。「ぼくらのミステリー列車」で連絡係として活躍。

日比野朗《ひびのあきら》…………F高3年。食べるの大好き。デブでドジだが誰にも愛される。シェフ志望でイタリアンレストランでバイト中。

安永《やすなが》　宏《ひろし》…………家庭の事情で進学せず就職。喧嘩はめっぽう強いが、友情には厚い。久美子と相愛のナイスガイ。

柿沼直樹《かきぬまなおき》…………T高3年。産婦人科医院の息子。ミステリー好きでキザだが、友達思いでもある。

天野《あまの》　司《つかさ》…………A高3年。スポーツ・アナ並みに、過激な実況中継が得意。イベントなどに欠かせぬ盛り上げ役。

中尾和人《なかおかずと》…………H高3年。塾へも行かず、ガリ勉でもないのに、いつも成績はトップで博識。ブレーンとして尊敬を集める。

谷本《たにもと》　聡《さとし》…………N高3年。電気工作が得意なエレクトロニクスの天才。数々のいたずら道具をうみだしてきた。

立石《たていし》　剛《つよし》…………A高3年。花火職人の息子で星や星座に詳しい。

橋口純子《はしぐちじゅんこ》…………A高3年。中華料理屋“来々軒”の大家族の長女。明るくおおらかで、世話好きな、誰にも好かれる娘。

中山《なかやま》ひとみ………聖フランシスコ学園3年。すらりとした美少女。英治のガールフレンド…？

堀場久美子《ほりばくみこ》………F高3年。堀場建設社長の娘で元スケ番。アネゴ肌でたよりになる。得意技は必殺の足ゲリ。

矢場《やば》　勇《いさむ》…………元テレビ芸能レポーター。今や、ぼくらの最大の理解者で、社会の不正に立ち向かうジャーナリスト。

Saeko Nakagawa

I

さよなら冴《さえ》子《こ》

1

ここ数日、木枯《こが》らしが吹《ふ》いて、やけに冷えこんでいる。

夕暮《ゆうぐ》れの舗道《ほどう》を、足早に歩いている人たちも肩《かた》をすくめている。

「もうすぐクリスマスだな」

だしぬけに相原《あいはら》が言った。

「そうか」

英治《えいじ》は、クリスマスのことをすっかり忘《わす》れていた。

「クリスマスどころではないか？」

「そうだな」

風に飛ばされる枯《か》れ葉《は》を目で追っていた。

「勉強のほう、うまくいってるか？」

「おれにしてはかなりやってるんだが、他《ほか》のやつもやってるから、一歩前に出られない」

「志望校はK大一つだけか？」

「うん。失敗したら浪人《ろうにん》だ」

「合格の可能性はどうだ？」

「四分《しぶ》、六分だ」

「合格が六分か？」

「違《ちが》う。合格が四分だ」

「もっと自信持てよ」

「持ちたくても、模擬《もぎ》テストの結果を見れば持てねえよ」

「あきらめてんのか？」

「あきらめてはいない。ネバー・ギブアップだ」

「よし、頑張《がんば》れ」

相原は英治の背中《せなか》を強くたたいた。

「中尾《なかお》はT大に入れるだろう。小黒《おぐろ》もいけるかもしれん」

「中尾はわかるけど、小黒もか？」

「一年からずっと頑張ったからな」

小黒は、T大に入って官僚《かんりょう》になることを、中学からずっと言いつづけてきた。

それは、ノンキャリアの公務員で自殺した、父親の遺恨《いこん》をはらす執念《しゅうねん》みたいに思えた。

「カッキーはどうだ？」

相原が聞いた。

「カッキーは落ちる」

英治が言ったとき、向こうから柿沼《かきぬま》のやって来るのが見えた。

「いま、おまえの噂《うわさ》をしてたんだ」

英治が言うと、

「おまえたちが何を噂してたかわかる。来年は浪人だと言ってたんだろう？」

と柿沼が言った。

「いい勘《かん》してるな」

「勘と言わず推理《すいり》と言ってくれ。おれは三浪までは覚悟《かくご》してる」

「すげえや。こいつ大物だぜ」

英治は、そこまで覚悟はできていない。

「いまごろわかったか？　ところで、中川冴子《なかがわさえこ》の容態《ようだい》はどうだ？」

柿沼は、いっぱしの医者みたいな聞き方をする。

冴子の白血病は、寛解期《かんかいき》に入って安定しているということだった。学校にもときどき顔を出すようになった。

「再発の確率は一〇パーセントだって」

と英治にも言った。実際、見た目も元気そうであった。

ところが一年前、悪い細胞《さいぼう》が見つかったと言った。

「悪い細胞が見つかったというのは、再発したということか?」

「そうなの。また頑張るわ」

冴子は、意外に明るい表情をしていた。

再発するというのはよくないことだと冴子から聞かされていたので、英治は、次の言葉につまった。

「大丈夫《だいじょうぶ》。心配しないで」

冴子のほうが逆に、英治をなぐさめる始末だった。

「これから学校に来れるか?」

「ちょっと無理ね、今度は骨髄移植《こつずいいしょく》しかないから、HLAが一致《いっち》するドナーがあらわれるのを待つの」

骨髄移植は、白血病のほか、重症再生不良性貧血《ひんけつ》、先天性免疫不全《せんてんせいめんえきふぜん》、代謝異常《たいしゃいじょう》などの数多くの血液疾患《しっかん》に対する効果的な治療法《ちりょうほう》として注目されている。

どの病気も、血液を作るもとになる骨髄幹細胞が正常に機能しなくなるため、健康なドナー(骨髄提供者)から採取した骨髄液と入れ替《いか》える。

その際、患者《かんじゃ》とドナーの白血球の型(HLA)が一致しなければ、移植は成功しない。

HLAの一致率は、兄弟姉妹間なら四分の一だが、血縁《けつえん》関係がないと数百人から数万人に一人しかいない。

冴子の場合は、両親も兄もＨＬＡが一致しない。

英治たち仲間は、ドナーになってもいいと思うのだが、二十歳《さい》以下なので骨髄の提供はできないのだ。

それがもどかしい。

「もし、ドナーが見つからなかったらどうなるんだ？」

英治が聞いた。

「そのときは、あきらめるしかないわね」

冴子は、淡々《たんたん》として言った。

「そんな……」

「いまは、ＨＬＡの適合するドナーがあらわれるのを待つしかないわ」

それからしばらくして、冴子はドナーが二人見つかったと嬉《うれ》しそうに言った。

「二人も見つかるなんて運がよかったじゃないか」

「そうなの」

移植の日が決まると、その日のために歯の治療もしなければならない。しかし、虫歯が十本以上見つかったと言って、冴子は笑っていた。

あれは、移植の一週間前だった。

英治とひとみは冴子の家に出かけた。

その日の冴子は、いつもとくらべてすっかり落ちこんでいた。

「ぐあいが悪いの？」

ひとみが聞くと、

「ドナーが病気になって、移植は中止になっちゃった」

と冴子が言った。

「なんてこと……」

ひとみが絶句すると、

「悔《くや》しいけどしようがないよ、まだ次の人がいるから頑張らなくちゃ」

「そうよ。いつだったか冴子言ったじゃない。いままで、こんなに悪いことばかりあったんだから、これからはきっといいことがあるって」

「そうよ。私《わたし》のことは心配しなくていいよ」

英治は、また冴子になぐさめられてしまった。

「心配してねえよ。おれは冴子はきっと治ると信じてるんだから」

「ひとみ、私の病気が治ったら、あなたから菊地《きくち》君奪《うば》っちゃうけどいい？」

「いいよ。どうぞ」

ひとみはにやにやしている。

「この自信たっぷりな顔。菊地君、なんとか言いなよ」

冴子は、英治の背中をたたいた。

「わかった、わかった」

英治は、なんと言っていいかわからないので、適当に言っておいた。

「わかったってなによ。私を好きになってくれる？」

「いまだって冴子のこと好きさ。だからこうやって来たんじゃないか」

「いいわ、許してあげる」

冴子は、ちょっと顔をしかめた。

「どうしたの？」

ひとみが聞いた。

「頭痛と肩こりがするの。それに、口の中がとても荒《あ》れてるの」

「頑張ってよ」

「頑張る。病気なんかに負けるもんか」

冴子は本当に健康になれるだろうか？　なんだか、せいいっぱい突《つ》っぱっているように見えるのが痛々《いたいた》しい。

それが英治の気を重くさせた。

それから六カ月たって、冴子はやっと移植が決まった。

移植を終えて二十日ほどすると、白血球の数もふえ、一カ月ほどすると、無菌室《むきんしつ》から出て一般《いっぱん》病棟《びょうとう》に移《うつ》れるようになった。

「それじゃ、移植は成功したのか？」

柿沼が聞いた。

「まあ、そういうことらしい」

「しかし、安心はできないぜ。彼女《かのじょ》が再発したということは、治る可能性は一〇パーセントと見たほうがいい」

「一〇パーセント？」

英治は、柿沼の顔を見た。

「最近の化学療法では、最初に徹底的《てっていてき》にガン細胞をやっつけるんだ。そのために彼女は苦しい思いをしたんだが、それでも再発するともう打つ手はないから、骨髄移植ということになるんだが、それも早いほうがいい。しかし、彼女の場合は移植まで一年近くもかかっている」

「じゃ、楽観はできないということか？」

「できない」

柿沼は断定するように言った。

英治は、それまでもう大丈夫だと思っていた認識《にんしき》が、間違っていたことがショックだった。

「骨髄移植をすれば、助かると思っていたのに……」

「骨髄移植をしなければ、助かる確率はゼロだ。移植が成功したんだから、生きられる可能性はある」

「一〇パーセントか……。つらいなあ」

コインを投げて、裏表《うらおもて》を決める遊びをよくやるが、その確率は二分の一。それでも当たりはずれがあるというのに、十分の一じゃ、ほとんどゼロに近いじゃないか。

英治は空を仰《あお》いだ。

白い雲が流れている。

冴子は、英治にこんなことを話したことがある。

「一人ぼっちのときは、雲と話をするんだ」

冴子、負けるな。頑張れよ。

2

「冴子の見舞《みま》いに行かないか？」

「おまえ、そんなことしていていいのか？」

相原が英治の顔を見て言った。

「いいってことはないけど、行って冴子の顔を見ないと、勉強が手につかないんだ」

「困《こま》ったやつだな。じゃ大学を受けない日比野《ひびの》、純子《じゅんこ》、立石《たていし》をつれて行くか？」

「安永《やすなが》にも声をかけないと怒るぜ」

「そうだな。じゃ、明日行こう」

その日は晴れていたが、風が強く体の芯《しん》まで冷えそうだった。

冴子の入院しているがんセンターはまわりを畑で囲まれ、そこだけ森になっている。

バスを降《お》りて畑の道を歩いていると、遠くから茶色の建物が見えた。

「ずいぶん豪華《ごうか》だなあ」

日比野が声をあげた。

「だけど入りたい気はしねえな」

安永が言った。

病院に入ってみると、待合室も広く、薬をもらう人たちが何人かいすに腰《こし》かけていた。

純子が受付で面会の申し込みをすると、しばらくして冴子がやって来た。そんなにやつれた感じはない。

「こんなに来てくれたの？」

冴子は六人の姿《すがた》を見て目を見張った。

「パジャマ着てないの？」

純子がジーンズ姿《すがた》の冴子を見て言った。

「今日は外出してもいいと言われてるんだ」

冴子は声にも張りがある。

「なんだ、そうか。おれはもっと重症で会えないかもって思ってたぜ」

「菊地君、がっかりすることはないでしょう?」

冴子に言われて、英治は、

「違う、違う。そういう意味じゃない」

と慌《あわ》てて否定《ひてい》した。

「菊地君って、すぐむきになるところがいいね」

冴子は、おかしそうに笑いながら、みんなを喫茶室《きっさしつ》に案内した。

「もうすぐでしょう、こんなことしてていいの?」

冴子は、いすに腰かけるなり言った。

「こいつ、自信あるんだ」

相原が言った。

「合格発表はいつ?」

「二月の終わりかな。そのときは退院してるだろう?」

「もちろんよ。一緒《いっしょ》に桜を見に行こう」

冴子が言うと純子が、

「その約束、破っちゃだめよ」

と冴子の手を握《にぎ》った。

「それまでには、絶対治ってみせる」

冴子の目が強く光った。

「ネバー・ギブアップだ」

「菊地、それはおまえ自身に言うことじゃねえのか？」

日比野がのんびりした声で言った。

「おれはあきらめてないよ。冴子が頑張るなら、おれも死にもの狂《ぐる》いでやる。絶対治せよ」

「治すから、菊地君も合格して」

「よし。やるぞ」

英治は、自分の言葉がいかにも空々《そらぞら》しいことはわかっていたが、冴子のためだと思って、空元《からげん》気《き》を出して言った。

「ねえ、工藤直子《くどうなおこ》の『あいたくて』という詩を知ってる？」

突然《とつぜん》冴子は、遠くに視線《しせん》を向けて言った。

「詩なんて知らないよ」

「じゃ、聞いてて。

あいたくて

また　あいたくて
さよなら三角
またきて四角
またあえるね　と
うたってた

さよなら春　さよなら夏
さよなら秋　さよなら冬

さよならを　くりかえし
さよならを　つみかさね

またあいたくて　なにかに
きょうも　あるいていく」

英治は、なんと言っていいかわからないので黙《だま》っていると、

「こういうのもあるわ。
『思い出』
ああ　こんな夕日をたしか……
そのあとは　どうしても思い出せない
いつだったか、どこでだったか

心の底に　そのときの記憶《きおく》が
うっすらと　沈《しず》んでいるのだが

このいちめんに　にじんだものを
そっと　ひとところに　あつめたら……

あの日の匂《にお》いが　たちのぼるだろうか
あの日の風が　ふくだろうか」
「おれ、こういうのって、さびしくなるから嫌《きら》いだよ」
英治は、何か不吉な予感みたいなものを感じた。

「じゃあ、どんなのが好き？」

冴子が聞いた。

「どうって……」

「わかった。これでしょう？

　チンケな校長におだてられ
　ガキをしごいて　ケガをさせ
　暴力教師《ぼうりょくきょうし》とそしられて
　とうとうクビになりました」

冴子は、節《ふし》をつけて歌った。みんな笑いだした。

「ずいぶん昔の歌を知ってるな。だれに聞いた？」

「菊地君が教えてくれたんじゃない。中学一年の夏、廃工場《はいこうじょう》、解放区《かいほうく》より愛をこめて……。みんな聞いたわ」

突然《とつぜん》あのときのことが甦《よみがえ》ってきた。

「あのころはパワーがあったな」

英治が言うと冴子が、

「じじくさいこと言わないでよ。もうパワーがないの？」

と言った。

「あるさ。おれたち卒業旅行をやるんだ」

「いつ?」

「三月だ。卒業してから」

「いいなあ。私もつれてって」

「冴子にはちょっと無理だな。アジアをまわるんだ」

「アジア? どことどこへ行くの?」

「シンガポール、マレーシア、タイ、ベトナム、ホンコンをまわる予定だ」

「すごい、大旅行じゃない?」

「グランド・ツアーだ。昔、イギリスの貴族《きぞく》の子弟《してい》は、勉強のため、先進国であるフランスやイタリアを、一年もかけて旅行した。それを大旅行、グランド・ツアーというんだけれど、おれたちも高校を卒業する思い出に、大旅行をしようということになったのさ」

「だれが考えたの?」

「相原だ」

英治は相原を指さした。

「だれとだれが行くの?」

「相原、おれ」

「もちろん、大学は受かってるわね?」

「受かっても、落ちても行くんだ」

「ほかには？」

「日比野、純子、立石、柿沼、ひとみ、久美子《くみこ》、ひかるも通訳として参加する」

「おれを忘れては困《こま》るな」

安永が言った。

「羨《うらや》ましいなあ」

冴子が、あんまり羨ましそうな顔をするので、英治は、悪いことを言ってしまったかなと思った。

「帰ってきたら、向こうの話を聞かせてやる。それにおみやげも買ってくるから、おとなしく待ってろよ」

「うん」

冴子は、素直にうなずいた。

「このまま、よくなればいいのにね」

純子が言った。

「ドクターからは、そろそろ退院の準備だって言われてるの」

「よかったじゃない。調子はいいの？」

「まあまあね。でも背中と腰が痛いし、目もかゆいし、口の中も荒れてる」

「それくらいはしかたないよ」

「そうね」

あまり長くいても冴子が疲《つか》れると思ったので、

「もうそろそろ帰るよ」

と英治が言った。

「万事休《ばんじきゅう》す
ぼくは心をこめてこんにちはといった
だけど彼女はもっと心をこめて
さようならといったのさ」

冴子がつぶやくように言った。

「なんだ？　それ」

「リチャード・ブローディガンの『突然訪《おとず》れた天使の日』にあった言葉。さようなら」

手をふる冴子を残して、六人は病院を出た。

最後に、冴子がさようならと言った言葉が、いつまでも心に残っていた。

3

冴子は、高校一年の夏休みのことを、いまでもはっきり覚えている。

一学期の終わり、終業式の日、気分が悪くなって座《すわ》りこんでしまった。

こんなことは、いままでにない経験だった。

夏休み中は、体がだるくて何もする気にならなかった。

八月の終わり、定期券を買いに行った帰り、電車の中で立ちくらみがした。そこで病院に行って血液検査をしてもらった。

結果は翌日《よくじつ》わかり、九月三日にがんセンターに入院することになった。

入院してから、いろいろな検査があり、病名は急性リンパ性白血病と告げられた。

冴子は、白血病という名前は知っていたが、それがどういう病気なのかくわしくは知らなかった。

ドクターの加固《かこ》が、白血病について、くわしくレクチャーしてくれた。

その説明の内容は、おおよそ次のようなものだった。

白血球が悪性化した病気である白血病には、遺伝因子《いでんいんし》、環境《かんきょう》因子、免疫学的《めんえきがくてき》因子の三つの因子が関係している。

またその種類は、リンパ性と非リンパ性の二種類に分かれ、急性と慢性《まんせい》の白血病がある。

さらにレクチャーは、その症状や寛解《かんかい》、合併症《がっぺいしょう》から維持療法《いじりょうほう》、化学療法と副作用、腰椎穿刺《ようついせんし》（ルンバール）、放射線療法、輸血にまでおよんだ。

ドクターの加固は、白血病の説明をしたあと、さらにこうつけ加えた。

「急性白血病の場合、一週間の化学療法を行ない、その後二週間から三週間たつと骨髄がからっぽになり、それから一、二週間たつと正常な白血球がふえて寛解期に入る」

「それは何パーセントくらいですか？」

冴子が聞いた。

「寛解する患者《かんじゃ》は、大体七〇から八〇パーセント。その中で治癒《ちゆ》する患者が化学療法で三〇パーセント、骨髄移植をすれば六〇パーセントある」

十一月の終わりに、加固ドクターから寛解導入を知らされた。

「今後はふつうに生活してもいいよ。ただし運動は適度に、マラソンはいけない」

「もう、これで治ったと思っていいんでしょうか？」

冴子は、半分期待をこめて聞いた。

「白血病は、化学療法だけで治る場合もあるが、君の場合はどちらともいえない。もし再発したら骨髄移植する。移植をしたら、準備のための治療で性腺《せいせん》がダメージを受けるのでたとえ治っても赤ちゃんは産めない可能性が高くなる」

――赤ちゃんが産めなくなる……。

それはショックだったが、しかたないとあきらめた。

十一月の終わりに退院して、ふたたび学校にもどれるようになった。

それからは学校に通いながら、外来で病院に行って治療を受けた。

いわゆる寛解期に入っていたのだが、冴子は、もうこれで白血病は治ってしまったと思っていた。

ところが発病から一年後、熱があったり、体がだるいのでもう一度検査したところ、悪い細胞が見つかったと言われた。

再発である。もう一度化学療法をやってみて、それでもだめなら骨髄移植ということになる。

再発したらどういうことになるか、それは加固ドクターから聞いている。

最初の段階で徹底的に化学療法をしているから、それでもなお再発した場合は、治る可能性はゼロに近いと言われた。

再発と言われた瞬間《しゅんかん》は、目の前が真っ暗になった。

あんなにつらい治療を頑張ったのにと思うと、怒《いか》りと悔《くや》しさで、胸《むね》が張《は》り裂《さ》けそうになった。

ドクターは、一年以内に移植したいと言った。

移植するには、相当の体力と、強い精神力が必要だということだった。

いまは、そのための準備期間なのだ。何事も前向きに、前向きに考えるようにして、ベストコンディションで移植に臨《のぞ》めるようにしたい。

それから数ヵ月して、ドクターからドナーの最終同意ができたと言われた。

移植は、ドナーの都合により一ヵ月後。

よかった！　とにかく頑張るしかない。

そのためには、感染《かんせん》のもとになる虫歯を治さなければならない。

虫歯は十三本もあった。

その移植は、直前になってドナーの健康上の理由から中止になってしまった。

悔しい！　しかし、しかたない。

幸いなことに、冴子にはもう一人ドナーがいる。前向きにやるしかない、と自分に言い聞かせた。

そうでも思わないと、このまま、へなへなと崩《くず》れてしまいそうだった。

それから三ヵ月後の五月の終わり、移植が八月に行われると言われた。

本当はもっと早くやりたいのだが、ドナーの希望だというからしかたない。

いざ決まってみると、早くやりたいという気持ちと、不安が半々だった。

移植の日は八月四日に決定、七月に入院することになった。

こうなったらやるしかない。

冴子、頑張れ！

移植の日はほとんど記憶《きおく》がない。無菌室《むきんしつ》から一般病棟《いっぱんびょうとう》に移ったのは、移植後二十日を過ぎてからだった。

口の中が荒れて、食事は少ししかできないけれど、順調に回復しているように思えた。

外泊《がいはく》もできるようになった。

あと、もう少しだ。

4

「グランド・ツアーに行くなんて言っちゃって、残酷《ざんこく》だったかな」

英治は、電車に乗っている間、ずっとそのことが気にかかっていた。

「おまえ気にしすぎだよ。冴子はなんとも思っちゃいないって。そんなことに神経つかうより勉強しろよ。もうすぐだろう？」

日比野が言った。

「日比野に勉強しろと言われるとは、思ってなかったぜ」

英治が笑うと純子が、

「友情よ」

と言ったので、安永までが大声で笑った。

「冴子、元気そうでよかったじゃねえか。卒業までに学校にもどれるといいのにな」

立石が優《やさ》しいことを言う。

「もどれても、おれたちと一緒に卒業はできないだろう」

相原が突き放したように言った。

「留年か。それもいいだろう。しかし、それよりも彼女《かのじょ》、大丈夫かな?」

英治は、ずっと不安につきまとわれている。

「大丈夫なんだろう?」

日比野はいつも楽天的だ。

「あの顔は、健康とはほど遠かったぜ。おれたちの前では、無理して元気にしてるように見えた」

「菊地君の言うとおりかもしれないよ。だって、目に力がなかったもの」

純子が言った。

「そうだな、おれもそれが気になった」

相原がうなずいた。

「柿沼に聞いてみるか」

立石は、柿沼を信用している。

駅に着いて柿沼に電話すると、柿沼はすぐ行くから、駅前の喫茶店で待っていてくれと言った。

みんなそれぞれ用事があって帰ってしまい、英治と相原だけが喫茶店で柿沼を待った。

柿沼は十分ほどでやってきた。

「冴子の様子はどうだった？」

柿沼は、入ってくるなり聞いた。

「それが心配だったから呼んだんだ」

英治が言った。

「具合がよくないのか？」

「本人はいいと言っているけれど、あれはどう見たって病人だよ。移植して四カ月にもなるってのに、まだ退院できないんだから」

「ここに、埼玉県立がんセンター臨床《りんしょう》検査部副部長の、金子安比古《かねこやすひこ》というドクターの特別講演のレポートがある。一部を読んでみるから聞いてろ。

『……最初の病名告知があって、それから治療の期間があって、その後、寛解がつづいて、そのまま完全に治ってしまう患者は問題がないのですが、再発してしまう患者さんが必ずいます。白血病、悪性リンパ腫《しゅ》を含《ふく》め、ガンならなんでもそうですが、寛解して一時良くなっても、また再発したら、もう治療の望みはほとんどゼロになります。骨髄移植とか逆転があり得る場合も少数はありますが、一般的にはゼロです』」

「ゼロ……？」

英治は絶句した。

——それはないよ、それじゃ去年からの治療は何だったんだ？

「続けて読むぞ。『……いちばん最初の病名を告げるときに、寛解する患者が大体七〇パーセントから八〇パーセント。その中で、治癒する患者が化学療法で三〇パーセントと、骨髄移植をすれば六〇パーセントということをお話しするのですが……』」

「ちょっと待ってくれよ。寛解する患者が八〇パーセントで、その中で治るのが三〇パーセントといえば、二四パーセントじゃないか。骨髄移植をしても四八パーセントか。そんなにひどいものとは知らなかったな。冴子はそのことを知っているのか？」

「知ってるだろう。十六歳の女子高校生のことが書いてある」

その子は、全然治らないタイプの白血病にかかった。

幸い骨髄バンクに登録していたドナーとHLAが合っていたので、移植の準備を行っていた。HLAが一致したドナーがいるとわかっても、実際に骨髄採取ができるのは、早くても四、五カ月先で、ふつうは半年くらいかかる。

その患者は、移植準備をしている間に再発してしまった。

再発も初期のうちなら移植できるのだが、敗血症《はいけつしょう》とか状態《じょうたい》が悪くなってしまうと、移植をやってもうまくいかないので、移植は断念しなくてはならない時期がくる。

その子にも残念なことに、そういう時期が来てしまった。

ドクターは、病室に行ってそのことを話そうとした。ところが母親から、

「この子は移植することを生きる望みとして生活してきたのに、それを壊《こわ》すようなことはやめてください」

と抗議《こうぎ》された。するとその子は、

「お母さんは黙《だま》ってて。私にもちゃんと知る権利があるのよ」

と答えた。ドクターは、

「骨髄移植はもうできないんだよ」

とその子に告げた。

その後、高い熱が出たけれど、彼女は自分の意志で二度外泊した。そして亡《な》くなった。

後日両親が病院にやってきたとき、

「あのとき、真実を話したことを怒っていますか？」

とドクターが聞くと、

「いいえ、そんなことはありません。私は感謝しております。十六歳のあの子が、こんなにつらいことを受けとめることができるなんて、信じられませんでした。あの子はこう言いました。『だれかが白血病で死んでいかなくてはならないのだったら、自分がその一人になる。自分が白血病になったことで、ほかのだれかが白血病にならなくてすむなら、私は生きてよかった』」

「つらい話だなあ、冴子もだめなのか？」

英治は、さっき会った冴子が死ぬのかと思うと、胸がふさがりそうになった。

「治ったら奇跡《きせき》だ」

柿沼は、きびしい表情で言った。

こいつは、いい医者になれるかもしれないと、英治は思った。

万事休す
ぼくは　心をこめてこんにちはといった
だけど　彼女はもっと心をこめて
　さようならといったのさ

冴子は、病気なんかに絶対負けない、頑張ると言った。

しかし、本当はそうではないかもしれない。

詩に託《たく》して英治たちに、さよならと言ったのだ。

――冴子、死ぬなよ。

窓の外に冬の空が見える。

灰色の雲におおわれた暗い空だ。

いまごろ冴子は、雲と話をしているだろうか？

舗道《ほどう》を落ち葉が舞っている。


その翌朝、冴子の母親から英治のところに電話があった。

冴子の母親から電話をもらうのは初めてなので、

「冴子の母親です」

と言われたとたん、頭をなぐられたようなショックを覚えた。

「何かあったんですか？」

声がかすれて、それだけ言うのがやっとだった。

「昨日は、わざわざお見舞いありがとうございました。あれから急に熱が出て、調べたら間質性《かんしつせい》肺炎《はいえん》ということがわかりました」

「それ、ぼくらのせいですか？」

「いいえ、とんでもありません。一応個室に入りました。またお電話します」

冴子の母親は、それだけ言って電話を切ってしまった。

英治は、柿沼の家に電話した。

「間質性肺炎って何だ？」

いきなり聞いた。

「ちょっと待ってくれ。それがどうしたんだ？」

「冴子がそれになったらしい」

「わかった。おやじに聞いて電話する」

柿沼の電話は、それから五分ほどしてかかってきた。

「そいつはまずいぞ」

「まずいって?」

「まず助からないらしい。その肺炎のウイルスはだれでも持っているんだが、免疫力が落ちると増殖するらしい。それにかかったら、まずだめだと思ったほうがいい」

「だめか……」

電話を切ったあと、英治は、しばらく電話機の前で立っていた。

「どうしたの?」

と母親の詩乃《しの》が聞いた。

「冴子、だめらしい」

とたんに胸がつまった。

「だめって、何が……?」

「死んじゃうんだよ」

英治は、自分の部屋に駆《か》けこんだ。

5

それから四日目の朝、冴子の母親から電話がかかってきた。

「けさ、冴子が亡くなりました。日が昇《のぼ》るのと一緒に」

「そうですか」

英治には、それしか言えない。

「いろいろとありがとうございました」

「いいえ。みんなには、ぼくから知らせます」

「おねがいします」

母親の口調が、しっかりしているのが意外だった。

英治は、まず相原の家に電話した。

「おれだよ、冴子がけさ死んだ」

「そうか」

相原はそれしか言わない。

「じゃあな」

英治は電話を切ると、ひとみに電話した。

「おれだよ」

「何？　こんな朝早くから」

いつものひとみの声だ。

「けさ、冴子が死んだ」

「うっそぉ！」

ひとみが、切り裂くような悲鳴を上げた。

「どうして？」

ひとみは泣きだした。このまま待っていたら、いつ終わるかわからない。

「久美子と純子と佐織《さおり》に連絡《れんらく》してくれ。わかったな？」

英治は念を押《お》して電話を切ると、こんどは柿沼に電話した。

「そうか。もう今日ぐらいじゃないかと思っていた」

柿沼の声は冷静だ。

「こんなに早く死んじゃうなんて」

英治は声がつまった。

「彼女は、いつも絶対負けないと言ってた。彼女の弱音は一度も聞いたことがない。彼女は白血病と戦って敗れたんじゃない。最後まであきらめず戦って、戦死したんだよ」

柿沼がいつになく、しみじみと言った。

「戦死か……」

たしかに、そうかもしれない。

「おれたち、冴子が死んだからって、泣いちゃいけねえと思うんだ。瀬川《せがわ》さんのときと同じように、さよならパーティーをやろうよ」

「さよならパーティーか」

「ちょうどクリスマス・イブになるじゃないか」

英治は、瀬川のさよならパーティーを思い出した。(『ぼくらのコブラ記念日』参照)

「あのとき、瀬川さんは涙《なみだ》は禁物《きんもつ》だと言った。だから、こんどもその線でやろう」

そういえば、瀬川の残したテープで、冴子が好きだと言ったせりふがある。

人生は長いようで短い
年をとって後悔《こうかい》しないために、
君たちは、人生を思いきり生きてほしい。

思いきり人を愛することだ。

愛は、あたえるものであって、求めるものではないことを知るべきだ。

愛は、あたえることによって、その人は変わり、あたえた者も変わる。

そして、友を大切にし、いつも希望を持つことだ。

絶望してはならない。

人は、夢を失ったとき老いる。
苦しいと思ったときは、苦しければ苦しいほど、歓《よろこ》びもまた大きくなると考えることだ。
歓喜《かんき》の歌にあるように、友よ、君たちの道を歩け。勝利に向かって進む英雄《えいゆう》のように、
君たちの道を歩いて行くがいい。

冴子は、この長いせりふを全部暗記していて、英治に聞かせてくれたことがある。

苦しいと思ったとき、苦しければ苦しいほど、歓びもまた大きくなると考えることだ。

冴子は治療で苦しいとき、きっと、そう自分に言い聞かせたに違いない。

しかし、苦しんだ冴子に、歓びは遂《つい》にやってこなかったではないか。

それがかわいそうだ。

「おれたちは泣くのはよそうぜ。冴子は、おれたちが泣くのを望んではいないと思う」

「しかし、いくらなんでも、『歓喜の歌』は歌えないぜ」

「それもそうだな。とにかく、泣いたら×《バツ》というパーティーにしようぜ」

「よし、それじゃ、泣けそうなネタをいっぱい集めよう」

「菊地って、こんなときでも面白《おもしろ》いアイディアが考えられるんだな」

柿沼が感心している。

実際のところ、こうでもしていなければ、悲しくてやりきれないのだ。

英治は、柿沼との電話を切ると安永に電話した。

「冴子が死んだ」

「いつ？」

「今朝《けさ》だ」

安永は何も言わない。

「クリスマス・イブにさよならパーティーをやろうと思う」

「いいだろう」

「それじゃ」

英治は電話を切った。

安永がほとんどしゃべらなかったのは、しゃべれなかったのかもしれないと思った。

安永は突っぱっているけれど、情にはもろい男だ。

英治は日比野に電話した。

受話器の向こうから眠《ねむ》そうな声がした。

「冴子が今朝死んだ」

「ええッ」

日比野は、野獣《やじゅう》が咆《ほ》えるような声を出した。

「あれから肺炎になって、そのまま死んだ」

「なんで死ぬんだよ。苦しんで、苦しんで、苦しんだ挙句《あげく》死ぬなんて、そんなのってありか？」

日比野は涙声《なみだごえ》になった。

「こんなに苦しんだんだから、きっといいことがあるって言ったけど、なかった」

「かわいそうすぎるよ」

日比野は泣きだしてしまった。

英治も泣きそうになったので、そっと受話器を置いた。

次は、だれに電話したらいい？

立石、天野《あまの》、中尾、谷本《たにもと》、宇野《うの》……。

小黒は受験勉強に集中しているから、言わないほうがいいかもしれない。

みんなに電話をかけ終わってから、ふたたび相原に電話して、さよならパーティーの話をした。

「いいだろう。やろう」

「賛成してくれるか？」

いつもだったら、賛成するはずだが、今度ばかりはなんと言うか心配だったので、英治はほっとした。

「やることはいいけれど、ただし条件がある」

「なんだ？」

「おまえとカッキーは、ノータッチだ」

「どうして？　おれとカッキーが発案者なんだぜ」

英治は、なんだこいつと思った。

「いいか、おまえもカッキーも受験生だ。受験生ならやることは一つ。それ以外に気を散らすな」

「だけど……」

「だけどじゃない。もしおまえとカッキーがタッチするなら、おれは降《お》りる」

相原の言いそうなことだ。

英治は黙ってしまった。

「クリスマス・イブには二人そろって来い。おれたちだけで、なんとかやる」

そう言われても簡単《かんたん》に納得《なっとく》はできない。

「冴子だって、ネバー・ギブアップで頑張ったんだ。彼女のためにも、頑張って合格しろ」

――こいつ、にくいことを言うぜ。

「わかったよ」

「わかったら、いまから勉強しろ」

「えらそうに……」

電話の向こうから、相原の笑い声が聞こえた。それは次第に大きく、いかにもおかしそうだった。英治をからかって楽しんでいる。

「じゃあな」

相原は、笑いながら電話を切った。

6

相原たちは、いったいどんなパーティーを計画しているのだろう。

英治は、勉強していても、そのことが気になってしかたなかった。

いままで、こういうイベントに英治が参加しなかったことは一度もない。

というより、英治がいなくてはやれなかった。みんな英治のアイディアに期待し、その期待を裏切《うらぎ》らないという自負《じふ》があった。

その英治が、高校最後のイベントに参加できないのだから、これ以上悔しいことはない。

相原は、おれたちにまかせろと言った。

しかし、悪いけど相原では荷が重い。

勉強していても、そのことが気にかかってしかたない。

純子に電話して、様子を聞いてみようと思った。

電話をすると、「来々軒《らいらいけん》です」と言う、純子の元気な声がした。

「おれだよ、いま忙《いそが》しい？　しゃべってもいいか？」

「いいわよ。少しぐらいなら」

「パーティー進んでるか？」

「進んでるわよ」

「面白いことになりそうか？」

「なりそうよ」

「どんなことやるんだ？」

「だめ、それは話してはいけないって言われてるの」

「ちょっとくらい、いいだろう？」

「菊地君が電話してきたら、よけいなことに気をつかわず、勉強しろって言えと言われてるのよ」

「相原がそう言ったのか？」

「そう」

「ちくしょう」

「勉強進んでる？」

「まあまあだ」

「自信できてきた？」

「自信は百パーセントだ」

——その反対だ。

「へえ、すごいね。あと一息だから頑張って」

純子は電話を切ってしまった。

受話器を置くと、同時に電話が鳴った。

「柿沼だ。やってるか？」

「やってる」

「いま、だれと電話してた？」

「純子だ」

「わかったぞ。純子からパーティーのこと聞き出そうと思ったんだろう？」

「よくわかるな？」

「おれはホームズだってことを忘れちゃ困る。何も教えてくれなかったろう？」

「うん」

「みんなそうだ。相原の命令だ」

「どんなパーティーやるのかな？」

「まったくわかんねえ。相原のことだから、おまえみたいにふざけたことはやらないと思うぜ」

「そんなのつまんねえ」

「涙を見せたら、×《ばつ》をあたえるパーティーなんていいのにな」

「悔しいよ。高校最後のパーティーがやれなくて」

「おまえの気持ちはわかる。相原の気持ちもわかる」

「カッキー、ものわかりがよすぎるぞ」

「おれはガキを卒業したからな」

「それはいいとして、自信はどうなんだ？」

「大学か？　慌《あわ》てない、慌てない。人生は長いんだ」

「短いんじゃないのか？」

「昔からくらべたら、みんな長寿《ちょうじゅ》になった。だからゆっくりいこうぜ」

柿沼は、受験のことなんか全然気にかけていない。それが羨ましい。


十二月二十四日　クリスマス・イブ。

さよならパーティーの会場は、相原進学塾の教室で行うことになった。

午後六時になると、みんなが続々と集まりはじめた。

正面の壁《かべ》には、修学旅行に行ったときの冴子の写真が飾《かざ》ってある。

瀬川のときは、会場全体に華《はな》やかな雰囲気《ふんいき》があったが、今夜の会場はみんなひそひそと話して、重い雰囲気である。

会場にバック・ミュージックが流れている。

「なんだ？　この音楽」

英治は柿沼に聞いた。

「知らないのか。あれはグレゴリオ聖歌の『死者の日』の聖歌だ」

柿沼にこんな知識があるとは思えなかった。

「しかし、これは、おれたちのパーティーじゃないぜ」

英治は、柿沼に不満をもらした。

黒いスーツを着た天野が正面の写真の前に立って、マイクを握《にぎ》った。

「みなさん、今夜はぼくらの友達である中川冴子の、さよならパーティーにいらしていただいてありがとうございます」

天野が頭を下げると、遠慮《えんりょ》がちな拍手《はくしゅ》が部屋を満たした。

「ぼくらは、このさよならパーティーを開くにあたって、涙は絶対にこぼさないことに決めました。そのほうが彼女は喜ぶだろうと思うからです」

英治は、柿沼と顔を見合わせた。

「おれたちと同じことを考えてるぜ」

柿沼がうなずいた。

「最初に泣いた人は、歌を歌うというルールを決めました。それに反対する方はいらっしゃいますか？」

天野は会場を見まわしたが、だれも反対する者はいない。

「それでは、進行させていただきます。まず最初に、彼女が大切にしまっておいた遺品《いひん》を紹介《しょうかい》したいと思います」

天野が言うと、純子が箱を持ってあらわれた。

純子は、箱の中から竹でできた人形を取り出すと、

「ちえのわ　もんちゃんがあなたへ挑戦《ちょうせん》!!　竹の輪をはずしてください。十分ではずせたら天才です」

と言って、みんなに見せた。

「あ、それ」

英治は思わず声が出た。

「そうです。これは私たちがミステリー列車で旅をしたとき、菊地君が金沢《かなざわ》で中川さんに買ったおみやげで、『さるぢえ』といいます。彼女はこれを宝物《たからもの》にして、大事にとっておいたのです」

英治は、胸がぐっとつまった。

「中川さんは、このもんちゃんと一緒にテープを残しました。それをいまからお聞かせしたいと思います」

純子は、バッグからテープレコーダーを取り出すと、スイッチを押した。

『菊地君、もんちゃんありがとう。もんちゃんをもらったとき、私はこれからのことを考えて落

ちこんでいたので、飛び上がるほど嬉《うれ》しかった。それからは、不安で、つらいとき、苦しいときは、もんちゃんに話しかけるようにしているの。すると、もんちゃんが菊地君に見えてきたりして。ごめん。あなたのことサルなんて、けっして思ってないからね。

私、ときどき〝死〟を考えるんです。

死んだら、いったいどうなるんだろう？

そんなとき、私に希望をあたえてくれたのが、菊地君や仲間たちです。

みんなの気持ちが私の支えになり、〝頑張らなきゃ〟という気持ちにさせてくれたの。

菊地君やみんなとの出会いがなければ、きっと挫折《ざせつ》していただろうし、こんなに強くはなれなかったはずだわ。

ここまでくるのは、本当に長くてつらい道のりだった。病気になったときは、〝どうして私が？〟と何度思ったかしれないわ。

でもいまは、病気になったことを悔んではいないよ。なぜなら、それ以上に多くのものを得ることができたから。

多くの人との出会いや友情、愛情の大切さ。生きることのすばらしさｅｔｃ《エトセトラ》。

この間、ドクターから再発したことを知らされたの。残るのは骨髄移植しかないけれど、それでも治る可能性はほとんどゼロに近いことがわかってる。

私には、もう残された時間はないけれど、本庄《ほんじょう》先生が言ったよね。

青春は挑戦《ちょうせん》だ。挑戦こそ青春なのだ。目標が高ければ失敗するかもしれない。しかし、失敗を怖《おそ》れてはならない。失敗したら、またやり直せばいい。何度でも挑戦するのだ。ネバー・ギブアップ。私、菊地君と会えて楽しかった』

テープは終わった。

英治は、途中《とちゅう》からがまんできなくなって、涙は流れっぱなしだった。

涙が涸《か》れるまで流れればいい、と思った。

みんなのすすり泣いている声が聞こえた。

「菊地、何か歌え」

相原が言ったとたん、グレゴリオ聖歌は終わり、スピーカーから、第九交響曲《こうきょうきょく》の第四楽章が流れてきた。

……………

友よ君たちの道を歩け
勝利に向って進む英雄のように
君たちの道を歩いて行くがいい

「ダイネ　ツァウベル　ビンデンヴィーデル」

英治は思い切り、声を張り上げて歌った。

「さよなら、冴子」

目の前にある冴子の写真は涙で見えなかったが、英治は心の底から呼びかけた。半分泣き声になっていた。

それに合わせるように、みんなも、

「さよなら、冴子」

と呼びかけた。

Kenichi Yoshimura

Ⅱ 入試の季節

1

新しい年が明けた。

一月十七日、十八日がセンターテストだから、国公立大学を受ける受験生にとっては、目の前である。

この時期になると、勉強よりは体のコンディションを整えるほうが第一である。テストの最中に病気になってしまったのでは、元も子もない。

英治《えいじ》の受けるK大法学部は、二月十六日がテスト、二十三日が面接、二十五日が発表である。

T大を受けるのは、英治たちの仲間では、中尾《なかお》、小黒《おぐろ》、富永律子《とみながりつこ》の三人だというわけだ。

三人とも合格するだろうと相原《あいはら》が言っていた。

進学塾《しんがくじゅく》の息子《むすこ》の予測だから、当たるかもしれない。

英治も、遅《おく》ればせながら正月もなく勉強している。

この勉強を少なくとも半年早くやればよかったと思うが、それは後の祭りである。

一月十日、今年になってはじめて、相原から電話がかかってきた。

十日もおたがいに電話しなかったのは、これまでにないことだ。相原は、きっと英治の勉強の邪魔《じゃま》をしないよう、電話を遠慮《えんりょ》していたにちがいない。

「ずいぶんしばらくだな、何年ぶりだ?」

実際、そんな気分だった。

「いまから、おれんちへ来ないか?」

「そうだな」

英治は、どうしようかと思った。

「ここまできたら余裕《よゆう》を持て。ここに中尾が遊びに来てる」

中尾は、あと一週間でテストというのに、余裕があるのはさすがだ。

「それじゃ行く」

外は冷えて、空気が乾燥《かんそう》している。

今年は、インフルエンザが流行するらしい。

気をつけなくては、と思いながら自転車を走らせた。

相原の家に行くと、中尾が、

「待っていた」

と言った。

「何か用事があるのか?」

英治は、何だろうと思いながら聞いた。

「おれ、T大受けるのはやめにした」

突然《とつぜん》、中尾が言った。

「なんで？」

英治は、中尾の顔を見つめ直した。

「行く気がしなくなったんだ」

「それじゃ、十七日のセンターテストは受けないのか？」

「受けない」

「中尾なら、らくらく受かるのに、どうしてやめたんだ？」

英治には、納得《なっとく》がいかない。

「T大に魅力《みりょく》を感じなくなったんだ。偏差値《へんさち》だけ関心のあるやつたちの集まる大学なんて、入っても面白《おもしろ》くなさそうだからさ」

「それは、わかる気もするけど……。ちょっと、もったいない気もするな」

「もったいないと感じるほうがおかしい。おれは好きな大学を受けるよ」

「どこだ？」

「K大だ」

「えッ？　それじゃ、おれと一緒《いっしょ》じゃないか？」

「そうだよ。だから、君にあいさつしておこうと思って」

「学部は何だ？」

「経済学部《けいざいがくぶ》にしようと思う。君はどこだ？」

「おれは法学部だ」

「よろしく頼《たの》むぜ」

そう言われると、英治は複雑《ふくざつ》な思いがする。

「中尾と一緒だってことは嬉《うれ》しいけれど、おれは入れるかどうかわかんねえ」

「そんなことないだろう。勉強したんだろう？」

「それが、やっちゃいないんだよ」

「なんとかなるさ」

「そんなこと言える中尾が羨《うらや》ましいよ。おまえって、勉強で苦労したことないんだろう？」

「まあな。おれは好きだから。君たちがゲームやってるのと同じさ」

「こういうやつがいるから、かなわないよな」

「人それぞれさ」

中尾は、勉強を楽しんでやっている。だからできるからといって、決していばろうとしない。

ここが彼《かれ》のすごいところだ。

「K大を出たらどうするんだ？」

「ハーバードの大学院を狙《ねら》っている」

ハーバードといえば、アメリカのアイビーリーグの最高峰《さいこうほう》の名門校だ。

さすがにすごいところを狙う。

「ハーバードに入って何をやるんだ」

「大学院でM・B・Aを取る」

「M・B・Aってなんだ」

「経営学修士《しゅうし》だ。そこを終了したら、ベンチャービジネスに入りたい」

「そうか」

なんだか、中尾には華々《はなばな》しい未来が待っているような気がする。

「君は、中学の教師を目指してるんだって？」

「うん」

ハーバードと言われたあとに、中学の教師では、あまりに差があり過ぎる。

英治は、つい声が小さくなった。

「それってすばらしいことだ。そういう職業を選ぶ君を尊敬《そんけい》する。君なら、きっといい教師になれる。ぼくには、その姿《すがた》が見えるよ。これからの日本には、いい教師が必要なんだ」

中尾が口先だけで言っているのではないことは、その話し方でわかった。

「中尾にそう言ってもらえて嬉しいよ」

「ぼくも中学時代、君みたいな教師に教えてもらいたかった」

「それはじょうだんだろう？」

「いや、じょうだんではない」

中尾は、まじめな顔をしている。

「人間って、それぞれ向いてる仕事がある。それをやれば、楽しい人生を送れる気がするんだ」

相原が言った。

「相原の言うとおりだ」

中尾がつづけた。

相原も中尾も、いつの間にか英治よりずっと大人になっている。

「それには、まず大学に入らなくちゃ。しかし、中尾と一緒とは驚《おどろ》いたぜ。中学で一緒、高校は違《ちが》ったけど、大学でまた一緒か……」

大学では英治は一人ぼっちになると思っていた。まさか、中尾と同じ大学に通えるかもしれないとは、思ってもみなかった。

「ほかにも受ける者がいるかもしれないぜ」

相原が言った。

「相原、知ってんのか？」

「まあな。しかし名前は言えない。約束だからな」

「だれだ？　おれたちの仲間か？」

「もちろんだ」

相原はにやにやしている。

——いったいだれだろう？

「男か女か、どっちだ？」

「さあ……」

——ひとみかな？

しかし、ひとみは女子大に行くと言っていた。

——では久美子《くみこ》か？

久美子は、そんなに勉強していたとは思えない。

佐織《さおり》は国公立だから関係ない。

男だとしたら、天野《あまの》……。

そうか、あいつなら文学部あたりを狙うかもしれない。

谷本《たにもと》が理工を狙うということも考えられる。谷本なら、らくに合格するだろう。

宇野《うの》はどうだ？

宇野もよく勉強していたから、可能性はある。

安永《やすなが》は？

安永はW大が好きだから、K大には絶対来ない。

佐竹《さたけ》はK大は無理だ。

秋元《あきもと》は芸大だろう。

英治は、定期入れから、小さくたたんだ紙を取り出した。

「これ、冴子《さえこ》が書いた詩だ」

Dream《ドリーム》
今何をしなければならないの
夢なんか　ないなんていわずに　さがそうよ！
本当にやりたいこと　ひとつはあるはず
真剣《しんけん》になれるもの　ひとつはあるはず
小さなことだって
それは　ひとつの夢にちがいない
夢なんかないなんていわずに　さがしに行こうよ
貴重《きちょう》な日々を大切に　生きようよ
夢……　きっと見つかるはず

「おれは彼女《かのじょ》に、一度か二度しか会ったことないけど、話を聞くと胸《むね》がつまる。それに、これはいい詩だ。死んでいく人間って、いい言葉を残すもんだな」

中尾がしみじみと言った。

「夢か……。みんないまは、夢に向かって全力疾走《しっそう》してるんだな」

「おたがいにやろうぜ」

相原が、英治と中尾の肩《かた》をたたいた。

2

「今夜、久しぶりに『来々軒《らいらいけん》』に行かないか?」

相原から電話があった。

「行く、行く」

今年になってから、まだ純子《じゅんこ》と一度も会っていないし、話もしていない。

純子も、英治が勉強していると思って、気をつかって電話してこないにちがいない。

英治は六時に家を出たが、ふっと、今日は『来々軒』は定休日ではなかったかと思った。

定休日に来いと言ったのは、相原がひっかけたのか……。

しかし、相原はそういうことをする男ではない。

そんなことを考えながら『来々軒』の前まで来ると、思ったとおり「定休日」という看板《かんばん》が出ていた。

しかし、中は電気がついていて明るい。ためしに戸をあけてみると、簡単《かんたん》にあいた。

店に入ったとたん、「よお」という声がいっせいにあがった。

店の中には、相原、中尾、小黒、宇野、立石、天野、秋元、日比野《ひびの》、谷本、柿沼《かきぬま》、安永と、久美子、ひとみ、佐織、ルミの顔があった。

「おれがいちばん遅かったのか?」

英治は、みんなの顔を見まわして言った。

「そうよ」

ひとみが言った。

今夜のひとみは、なぜか上機嫌《じょうきげん》だ。

小黒と会うのは久しぶりだが、にこにこしている。

「小黒君、センターテストがよかったんだって」

ひとみが言った。

「そうか、じゃ、T大合格は間違いないな?」

英治が言うと、

「まだまだ」

と控《ひか》えめに言ったが、顔には自信が溢《あふ》れている。

「長年の苦労が報《むく》われたな？」

「それを言うのは、三月十日にしてくれ。おれはわかんないけど、律子は確実だよ」

小黒が言った。

「律子は、中学のときから勉強おたくだったからね」

ひとみが言った。

「さてみなさん、今日みなさんを招待《しょうたい》したのは、受験直前のみなさんに、スタミナをつけていただきたいからです。当店特製のスタミナラーメンとチャーハンを食べれば、インフルエンザなんてへっちゃら、体力もりもり、頭脳明晰《ずのうめいせき》になります。料金は私《わたし》のおごりです」

純子が言い終わると、いっせいに拍手《はくしゅ》が起こった。

「ただはわるいよ」

柿沼が言った。

「いいえ、これから大学に入ったら、将来《しょうらい》どこに行っても、『来々軒』の味と私の顔を思い出してもらいたいから、遠慮《えんりょ》しないで食べてください」

「泣かせるねえ」

戸をあけて入ってきた矢場《やば》が言った。

「矢場さん、しばらくです」

みんながあいさつした。

「君らも春から大学生か。思い出すねえ。中学時代を」

矢場がしみじみと言った。

「中学一年の夏、あのころは、矢場さんの髪《かみ》にも白いものはなかった」

立石が言った。

「そうだ。おれも、あのころは若《わか》かった。立石は花火師になるのか？」

「世界で、だれも揚《あ》げたことのない花火を揚げるのが夢なんだ」

立石は目を輝《かがや》かせた。

「どこで揚げたい？」

矢場が聞いた。

「隅田川《すみだがわ》なんて、ちっぽけなところはいやだ。中国の長江《ちょうこう》がいい。それでなければ、万里《ばんり》の長城《ちょうじょう》だ」

「いいことを言うなあ。夢はそれくらいでっかくなけりゃ男じゃない」

矢場は、立石の肩をたたいた。

「矢場さん、おれも世界一のシェフになる。せいぜい糖尿病《とうにょうびょう》に気をつけて、体調を整えて食いに来てくれよ」

日比野が言った。

「君はフィレンツェに行くのか？」

「行くよ」

日比野が胸《むね》を張《は》った。

「日比野は、イタリア料理より、ルチアのことで頭がいっぱいなんだ」

天野が言った。

「ルチアって、あの魔女《まじょ》か？」

矢場が聞いた。

「そう、絶世《ぜっせい》の美女。見たことも、聞いたこともない美しさ。矢場さんが見たらイチコロだね」

「そんなにきれいなのか？」

矢場の表情が変化した。

「彼女の唯一《ゆいいつ》の欠点は、男を見る目がないこと。日比野でいいんだから」

「こら天野」

日比野が天野につかみかかった。

「日比野君、手つだってくれなきゃ」

純子に言われて、日比野は調理場に消えた。

「こんばんは」

と言いながら、有季《ゆうき》と貢《みつぐ》が入ってきた。

「やあ、元気そうだな。何か面白い事件はないか？」

矢場が聞いた。

「今年に入ってから、なんにもないです」

「そうか、ないことはいいことだ」

矢場がうなずいた。

「今度、アジアに行くんですか？」

有季が聞いた。

「うん」

相原が言った。

「いいなあ。私も行きたいなあ」

「まだ四年早い」

「四年か……。どうしてアジアに行くんですか？」

「十九世紀はヨーロッパ。二十世紀はアメリカ。二十一世紀はアジアの世紀になる。だから見ておきたいのだ」

「相原の言うとおりだ。たった二週間足らずでは、本当のところはわからないが、何かを感じとることはできるだろう」

矢場が言った。

「どことどこへ行くんですか？」

「三月の五日ごろ日本を出て、シンガポール、マレーシア、タイ、ベトナム、ホンコンを、八日間でまわる予定だ。もっと時間をかけたいけど、資金がない」

「だれとだれが行くんですか？」

「相原、菊地《きくち》、天野、日比野、立石、柿沼、秋元、宇野、安永、中尾、谷本、ひとみ、久美子、純子、ひかるの十五人だ」

「すごいですね。ひかるさんも参加するんですか？」

「彼女《かのじょ》とは、シンガポールで落ち合うことになっている。なんといったって通訳だからな。彼女がいないと話にならん」

「相原も英語はやってるんだろう？」

矢場が聞いた。

「今度は、現場で試してみるいいチャンスだと思ってる」

「中尾は、T大の発表が三月十日なのに、いなくていいのか？」

「ぼくはT大はやめた。そのかわり小黒が受ける。多分大丈夫《だいじょうぶ》だと思うよ」

中尾が言った。

「T大をやめたのか？」

矢場がけげんそうな顔をした。

「考えることがあってね」

「中尾は、K大からハーバードに行って、M・B・Aをとるらしい」

相原が言った。

「それからどうするんだ？」

「ベンチャー企業《きぎょう》に入るか、それとも自分でやるつもりだってさ」

「それは、いい線いってるぞ。小黒はT大の法学部か？」

「ぼくは、どうしても官僚《かんりょう》になる。これまでずっとそれを目標にしてやってきたから、そうしないと自分を納得《なっとく》させられない」

小黒が言った。

「自分の信念を貫《つらぬ》き通すことは大切だ。天野も志《こころざし》は変わらないか？」

「変わらないよ」

「君ならなれる」

矢場が強い調子で言った。

「矢場さん、いいかげんなこと言っちゃいけないよ。天野がその気になるから」

英治が言った。

「おれの勘《かん》だ。長いことこの世界で生きてると、将来輝《かがや》くやつはわかるんだよ、絶対はずれない」

「すげえじゃんか、天野」

英治が手をたたくと、みんながそれに合わせた。

純子がラーメンを運んできた。つづいて、日比野と貢がつぎつぎと運んでくる。

「こいつはスタミナあるぜ。パワー百倍だ」

日比野が言った。

「純子はどこへ行くんだ？」

矢場が聞いた。

「私はラーメン大学」

純子が胸を張って言った。

「純子が、この店をやるようになったら、お客は十倍になる」

「矢場さん、調子いいんだから」

純子の母親が、顔をのぞかせて言った。

「お母さん、矢場さんの勘は当たるから信じていいですよ」

英治が言うと、みんなが手をたたいた。

「安永はどこを狙《ねら》ってるんだ？」

「矢場さんと同じW大。だけど、今年はだめだ」

「安永にしちゃ弱気だな」

「これぱっかりは、模試《もし》でわかるから強気にはなれないよ。だけど、何年かかっても必ず入る」

「おれもだ」

柿沼が、安永につづいて言った。

みんな、ラーメンをかきこむことに夢中になって、だれも何も言わなくなった。

「これからも、みんなうちにラーメン食べに来てよ」

純子が言った。

「来るともさ。この味は、どこへ行っても忘《わす》れられれっこない」

英治が言うと純子が、

「忘れられないのはラーメンだけ?」

「もちろん、純子もさ」

いっせいに歓声《かんせい》が湧《わ》き起《お》こった。

3

「ちょっと話があるんだけど、時間ある?」

『来々軒』を出ると、ひとみがそばにやってきて言った。

「いいよ」

反射的《はんしゃてき》に英治は返事してから、なんだろう？　と考えた。

「駅前の喫茶店《きっさてん》に行こう」

いつもはおしゃべりなひとみが、英治と並《なら》んで黙《だま》って歩いている。

「話ってなんだ？」

英治は、がまんしきれなくなって聞いた。

「将来のこと」

「わかった。高校出たら、結婚《けっこん》するんだろう？」

「ばか」

ひとみは、英治の背中《せなか》を思いきりたたいた。

「よかった」

まさかとは思ったが、そんなことになったらどうしようと思っていただけに、ほっとした。

「私のこと、そんなふうにしか見てないの？」

「違う、違う。じょうだん」

英治は慌《あわ》てて否定《ひてい》した。

「悪いじょうだん。話す気がしなくなった」

ひとみは急に速歩《はやあし》になった。

このまま、どこかへ行ってしまうのかと思ったが、駅に向かって歩いている。

こういうときは、放っておくに限る。

ペースに乗ってはいけない。

ひとみとの交際も長いので、扱《あつか》い方《かた》もわかってきた。

ひとみは、喫茶店の前まで来ると、さっさと中へ入り、階段を上っていく。

英治が少し遅れてついていくと、隅《すみ》の席に座《すわ》っていた。

「コーヒー注文したわよ」

「いいよ」

英治にとっては、コーヒーでも紅茶でもどちらでもいい。

ひとみと向かい合って座った。

「菊地君、K大の法学部でしょう?」

いきなり聞いてきた。

「うん」

「法学部出て、何になるの?」

「中学の教師だ」

「それなら、教育大を受ければいいのに」

「それじゃ面白くないから、K大にしたのさ」

「菊地君らしい」

ひとみは、機嫌《きげん》が直ったのか、言葉つきがソフトになった。

「ひとみはどこを受けるんだ？」

「私は受けない」

「大学に行かないのか？」

英治がびっくりしていると、おかしそうに笑った。

「行くわよ。推《すい》せん」

「なんだ、そうか。驚かすなよ」

「なんだはないでしょ！　推せんは、成績がよくないとしてくれないのよ」

「へえ、そう」

「信じてないみたいね。いつも遊んでると思ってるんでしょう？」

「よくわかるじゃないか」

「ところが、やるときはやるの。そこが菊地君と違うところ」

「おれだって、やったさ」

「じゃあ、K大自信ある？」

「ない」

英治は首をふった。

「それじゃ、私の後輩《こうはい》ね」

「推せんでどこに入るんだ？」

「それは言わない」

「女子大だろう？」

「想像にまかせるわ」

「そこへ入って、将来は何になるんだ？　ただ大学に入るだけだったら、無意味だと思うぜ」

「将来は決めてあるわ」

「なんだ？」

「中学の先生」

「え？」

英治は、ひとみの顔を見つめた。

「それ、じょうだんだろう？」

「じょうだんじゃないわ。本気よ」

「それじゃ、おれと一緒じゃないか」

「菊地君が教師を目ざしているから、私もなろうとするんじゃないからね。誤解《ごかい》しないでよ。私は教師が好きだからなるの」

「へえ、君が教師ねえ」

「何よ、向いてないって言うの？」

「いや、そういう意味じゃない。案外いい教師になるかもしれない。ただ、いままで一度も考えていなかったから驚いてるんだ」

「私のほうが先に教師になるから、しごいてあげるわ」

ひとみは、にやにやしながら言った。

「そんなことになったら、目もあてられないことになるぜ。なんだか寒気《さむけ》がしてきた」

「それは、インフルエンザかもしれないわ。気をつけたほうがいいわよ」

「しかし、ひとみとおれが同じ道を歩くなんて。みんなは、きっとやっぱりと言うだろうな」

「やっぱりって何？」

「二人は、一緒になるんじゃないかって」

「それとこれとは別。変な気おこさないで」

ひとみは、ぴしゃりと言った。いつもとちっとも変わらない。

「おれが言うんじゃない。みんなが言うんだから知らないよ」

英治は、とぼけて言った。

「菊地君って、中川《なかがわ》さんのこと、好きだったでしょう？」

ひとみが言った。

「好きだった」

「さよならパーティーのとき泣いたでしょう？　あのときわかったわ」

「冴子は、重い病気なのに、最後まで前向きに、病気と闘《たたか》って力尽《つ》きてしまった。そこがいじらしかったんだ」

「たしかにそうね。でも死んだ人って、美しい思い出だけを残すんだもの。それにくらべたら、私なんて意地悪ばっかりして、ろくな思い出はないよね」

「そんなことはないさ。それがひとみのいいところだ」

「菊地君って、本当に私のこと好き？」

ひとみが、真《ま》っ直《す》ぐ英治の目を見て言った。

「好きさ。好きだってことは、何度も言ってるじゃないか」

「そうかなあ、私にはそうは思えないんだけど。でも、一生いい友だちにはなれるよね。私、菊地君と同じ道を歩くということを言いたかったの。それだけ。おたがいに勉強しよう」

ひとみは、いすから立ち上がった。

「ひとみには、負けないぞ」

「私だって」

目が合うと、ひとみはにっこり笑った。

英治の大好きな笑顔。

中学のときから、まったく変わっていない。

喫茶店を出てひとみと別れた英治は、ジャンパーの襟《えり》を立て、うつむきながらゆっくりと舗道《ほどう》を歩いた。

さっきのひとみの言葉を思い出すと、体が熱くなってくる。

ひとみは、英治と同じ道を歩くと言ったのだ。

それは、英治のことを好きでなくては言える言葉ではない。

「菊地だろう？　何しょんぼりして歩いてるんだ。心配事でもあるのか？」

いきなり声をかけられて、顔を上げると、大泥棒七福神《おおどろぼうしちふくじん》のボス、ダイコクだった。

ダイコクは口ひげを生やし、黒のオーバーに黒い靴《くつ》できめている。

「あ、ダイコクさん。いまどうしてるんですか？」

「おれのことより、おまえはどうした？　いまにも自殺しそうな歩き方してたぞ」

「そんなふうに見えましたか？　その反対ですよ」

「いいことがあったのか？」

「そうです。ダイコクさんも景気よさそうですね」

「このコートはカシミヤだ。いくらするか知ってるか？」

「知りません」

「八十万円だ」

「八十万円？　それじゃ景気いいんですね。どんな仕事してるんですか？　また泥棒にもどったんですか？」

「大きな声を出すな。もう泥棒はとっくに足を洗《あら》った。いまは修理屋をやっとる」

「修理屋にしては、いいかっこうしていますね」

「修理屋といっても、自転車やテレビを直すのとは違う。おれたちは人間を直すんだ」

「それじゃ、医者じゃないですか」

「病気を治すのが医者だが、おれたちはこわれた人間関係を直すのだ」

「たとえば、どういうことですか？」

「この間やったのは、家庭内暴力の息子を殺しそうになった父親がいたが、それを直して平和な家庭にした」

「そんなことができるんですか？」

「できなきゃ商売にならん」

ダイコクは、当たり前のことを聞くなという顔をしている。

「あの七人の仲間でやってるんですか？」

「ああそうだ」

「もうかりますか？」

「もうかる。昔は人に迷惑《めいわく》をかけてもうけたが、いまは人に喜ばれてもうけている」

「ほんものの七福神になりましたね？」

「そうだ。君も困《こま》ったことがあったら来たまえ」

ダイコクは名刺《めいし》を渡《わた》して、そそくさと人混《ひとご》みの中に消えた。

——これた人間関係か……。

英治は、ふっと吉村賢一《よしむらけんいち》のことを思い出した。

吉村は、英治たちと一緒に、廃工場《はいこうじょう》に立てこもった仲間である。

そのころは、まだ声変わりしていなかったので、彼の声は廃工場に響《ひび》きわたった。

その後、彼は英治たちを避《さ》けるようになり、高校に入ってからはまったく関係が切れてしまったが、悪い噂《うわさ》を聞く。

吉村の両親は教師であるだけに、きっと頭をかかえているに違いない。

ダイコクの言うことが本当なら、なんとかしてくれるかもしれない。

——こんなことを考えていたんじゃいけない。もっと勉強に集中しなくては。

英治は、自らに言い聞かせた。

4

家にもどった英治は、さっそく相原に電話して、ひとみの話をした。

「これ、どういうことかな？」

「おまえのことが好きだからさ。それ以外考えられるか？」

「しかし彼女は、誤解してもらっては困ると言った」

「ひとみはそういうやつだよ。おまえの心が冴子のほうに傾《かたむ》いたのを、嫉妬《しっと》してたんだ」

「そういえば、美しい思い出だけ残して死んでしまった冴子が、羨《うらや》ましいって言った」

「そうだろう。ひとみの気持ちはわからないことはない」

「大学は推せんで行くって言ってた」

「すると女子大かな?」

「ひとみって、もっと派手《はで》な職業を選ぶと思っていたんだが、教師とは意外だった」

「彼女は、ああ見えて芯《しん》は堅実《けんじつ》なんだな」

相原の言うことは、当たっているかもしれないと思った。

「ひとみと別れて、ダイコクにばったり会った」

「ダイコク? あの七福神のか?」

「そうだ。八十万円のカシミヤのコートを着こんで、口ひげなんかたくわえちゃって。すごいぱりっとしていた」

「また泥棒やってんのか?」

「おれもそう思って聞いたら、いまやってる仕事は修理屋だって」

「修理屋って何を直すんだ?」

「それが人間関係だってさ」

英治は、ダイコクから聞いたことを相原に話した。

「それはいいアイディアだな。いま人間関係のトラブルで困っている人がいるから、需要《じゅよう》はあるかもしれないいな」

「医者やカウンセラーが口先だけで言っても、解決できないことってあるからな」

「どんな方法でやるのか、聞いたか？」

「それは言わなかったが、繁盛《はんじょう》してるらしいぜ。人を喜ばせて金をもうけるのが、究極《きゅうきょく》の金もうけだと言ってた」

「なるほど」

相原がうなずいた。

「そこで、おれ考えたんだけど、吉村、いまどうしてるかな？」

「吉村は、いまじゃいっぱしのワルだ。この間、電話がかかってきた」

「なんの用だ？」

「おれをこんなふうにしたのはおまえたちだから、卒業前に、必ずオトシマエをつけてやるって」

「おれたちが、吉村に何をしたというんだ？」

「シカトしたってさ」

「仲間から抜《ぬ》けたのは、自分のほうからじゃないか」

「吉村に言わせると、そうじゃないらしい。とにかく、だれかをやるってさ」

「だれかって、だれだ？」

「だれとは言わない」

「そいつはまずいぜ。みんなに話したほうがいい」

「いま受験の前だというのに、話して、余計《よけい》な神経《しんけい》をつかわせたくないんだ。テストが終わったら話そうと思っていた」

「まさか、テストを妨害《ぼうがい》するようなことはないだろうな？」

そうなったらたいへんだ。

「テストはみんなばらばらだから、それはないと思うが、一度、吉村と話し合ってみようと思っている」

「あいつが、おれたちの仲間に恨《うら》みを抱《だ》いているなら、だれでもいいってことだ」

「そうだ」

「だれがやられるのかわかんないというと、どうやって防《ふせ》いだらいい？」

「それで困ってるんだ。おれの予感だと、有名大学を受験する者が狙われそうな気がするんだ」

「すると小黒か……」

「その確率《かくりつ》は高いと思う。しかし、おまえだって、中尾だって、谷本だってヤバいぜ。もしかしたら、脅迫《きょうはく》電話をかけてくるかもしれん」

「試験の直前にそんなことをされたら、おちおち勉強していられなくなるぜ」

「もし電話があったら、小黒を隔離《かくり》してしまえばいいと思ってるんだ」

「ダイコクに相談しよう。彼なら何か方法を考えてくれる」

「そうだな。そうしよう」

英治は電話を切ると、ダイコクの名刺にあった『七福』という会社に電話した。

「はい、『七福』でございます」

若々しくて、パワーのある声。これは間違いなくベンテンだ。

「ベンテンさん？　ぼく菊地です」

「ああ菊地君、元気？」

ベンテンが懐《なつ》かしそうな声を出した。

「いま大学入試で、受験勉強やってます」

「あら、もうそういう年になったの。よくここがわかったわね」

「さっき、ダイコクさんに会って名刺をもらったんです。ずいぶんぱりっとしてたけど、景気いいんですか？」

「まあまあね」

「だんな様のジュローさんは、お元気ですか？」

「元気よ。子供も幼稚園《ようちえん》に入ったわ」

「子供さんがいるんですか？」

「ええ、女の子」

「じゃあ、ベンテンさんに似て美人でしょう？」

「ところが、おやじ似でブス。うまくいかないわね。ところで、何か用事があるの？」

英治は、吉村のことをベンテンに話した。

「そうね。小黒君が標的にされる可能性はあるわね」

ベンテンが言った。

「どうしたらいいでしょう？」

「まず、吉村の両親に会う必要があるわね」

「両親とも教師です」

「それはまずいね」

両親が教師だと、何がまずいというのか？

「小黒は、お父さんがノンキャリアで自殺したんで、何がなんでも高級官僚になりたくてT大を受けるんです。そのために、中学から頑張《がんば》ってきました。ここで妨害されて、せっかくの夢をこわされるのはかわいそうです。これ、おねがいできますか？」

「菊地君ってあいかわらず優《やさ》しいわね。自分のほうはどうなの？　自信あるの？」

「五分五分です」

「丁と出るか、半と出るか」

「そうです」

「ダイコクが帰ってきたら、相談して電話するわ。きっと力になってあげられると思う」

「あの、料金は……」

「吉村の両親からいただくから、あなたたちは心配しなくてもいいの」

「ありがとうございます」

やれやれと思って電話を切った。

すぐに、小黒に電話した。

「はい、小黒です」

いかにもうるさそうな声がした。

「菊地だ。勉強進んでるか？」

「もうそういう時期じゃない。君はどうなんだ？」

「おれか、おれはまあまあだ」

「君はK大だったな？」

「うん」

「あそこならちょろいよ」

小黒の言葉に、むかっときた。しかし、ここで怒ってはならない。

「君んところへ、変な電話はかかってこないか?」

「かかってこない。変な電話ってなんだ?」

「かかってこなけりゃいい。もしかかってきたら、おれに連絡《れんらく》してくれ」

「それだけか?」

「それだけだ」

「じゃ、切るぜ」

小黒は、いきなり電話を切ってしまった。

せっかく小黒のことを心配して電話してやったのにと思うと、自分自身が不愉快《ふゆかい》になってきた。

英治は相原に電話して、ベンテンと小黒のことを話した。

「おれ、頭にきてるんだ」

つい、ぐちを言ってしまった。

「それはしかたないさ。小黒はまだ何も知らないんだから」

それもそうだなと思うと、それまでのむかつきは消えてしまった。

5

二月になった。

入試の早い大学は、合格発表がはじまりだした。

オトシマエをつけると言った吉村は、その後、何の行動も起こさない。

相原に言ったあれは、単なる脅《おど》しだったのかもしれない、と英治は思いはじめた。

吉村のことをすっかり忘れてしまった二月上旬《じょうじゅん》のある日、ダイコクから電話がかかってきた。

「会社に来てくれないか？」

と言われて、英治は勉強を中断するのが痛《いた》かったが、相原と一緒にダイコクの会社に出かけた。

『七福』は新宿の裏街《うらまち》にある、マンションの六階にあった。

三十平方メートルくらいのリビングルームが事務所になっており、ダイコクのほかに、ベンテンとジュローがいた。

「ちょっと見ない間に、大人っぽくなったわね」

ベンテンが言うと、ジュローが、

「中学生のときと全然変わってない」

と言った。

「吉村賢一の父親と母親に会った。父親は賢《けん》、母親はとき子というんだが、二人とも賢一には困りはてていたぞ」

ダイコクが言った。

「いつごろから、おかしくなったんですか？」

相原が聞いた。

「中学三年から急にぐれたそうだ」

「原因は何ですか？」

「高校のことだよ。両親は、そこそこの高校に入ってほしかったのだが、賢一は、それが頭にきたのか、不良仲間に入って町をうろつきはじめ、たばこを吸《す》ったり万引きしたりで、何度も補導《ほどう》されている」

「知らなかったなあ」

英治は、相原の顔を見た。相原がうなずいた。

「しかし、とにかく高校だけは入れたいというので、R高に入学させた」

「R高といえば、不良の吹《ふ》き溜《だ》まりみたいなところです」

「そこで、いっちょうまえのワルになったってわけさ。いまでは家には寄りつかず、どこで何をしてるかわからないそうだ」

「親は、賢一を見捨《みす》てちゃったのですか？」

「学校も今年になって退学させられた。本当は見捨てたいのだろうが、金がなくなると家に帰って来てせびるのだそうだ」

「渡《わた》さなけりゃいいのに」

英治が言った。

「そんなことをしたらたいへんだ。おれをこんなふうにしたのは、親のせいだとインネンをつけるらしい。一度なんか、家の中に灯油をまいて火をつけると言ったそうだ」

「それはふつうじゃないですよ。覚醒剤《かくせいざい》でもやってるんじゃないですか？」

相原が言った。

「そのとおりだ。覚醒剤の売人をやっているというから、自分でもやっているだろう」

「ぼくらのことを、家では何か言ってるんですか？」

「いや、家では何も話さないそうだから、親は君たちのことは知らない」

「もし覚醒剤をやっているとしたら、とんでもないことをやるかもしれませんね？」

英治は心配になってきた。

「やつは野獣《やじゅう》みたいなものだ。放っておいたら危険《きけん》だ。まず捕《つか》まえて檻《おり》に入れる必要がある」

「どうやって捕まえるんですか？」

「餌《えさ》でおびき寄せるのさ。動物と一緒だ」

「餌って何ですか？」

英治が聞いた。

「君たちさ。君らのだれかがやつのことを悪く言っていると言えば、必ずひっかかってくる」

「だれかがおとりになればいいってわけか。じゃ、ぼくがなります」

相原が言った。

「相原じゃだめだ。受験生じゃないから。おれがやるよ」

英治が言うと、ダイコクが、

「簡単に言うけれど、これは危険だ。やるときは、必ずおれたちに連絡しろよ」

と言った。

「もちろん、そうしますよ。つかまえたらどうするんですか？」

「矯正《きょうせい》する装置《そうち》があるんだ。見せてやろう」

ダイコクは、先に立って部屋を出て行く。

そのあとにベンテンと英治、相原がつづいた。

ダイコクはエレベーターで一階まで降《お》りると、マンションの外へ出た。

「どこへ行くんですか？」

英治は、ベンテンに聞いた。

「すぐ近くよ」

ベンテンの言ったとおり、二百メートルほど歩くと、自動車の修理工場があった。

ダイコクはその中へ入っていくと、階段を降りて地下へ行く。

そしてドアのかぎをあけると、中へ入って電気をつけた。

そこは四十平方メートルほどの広さだが、中央に二メートル四方くらいの四角い箱のようなものが置いてあった。

「なんですか？　これ」

相原が聞いた。

「シミュレーション装置だ」

「わかった。自動車の模擬《もぎ》運転とかするやつですね？」

「そうだ。中へ入ってみるか？」

ベンテンに言われて、二人は箱の中に入った。

中はまるで船の船室みたいだ。壁《かべ》に丸い窓《まど》がある。

「では、装置を動かすぞ」

ダイコクの声がしたかと思うと、箱全体がゆっくりと動きだした。

まるで波に揺《ゆ》られているような感じだ。

丸い窓の向こうに水平線が見える。

「まるで、船に乗っているみたいだな」

英治が相原に話しかけると、丸窓に水しぶきがかかり、箱は、大きく揺れはじめた。

「海がしけはじめた。ここは東シナ海だ」

ダイコクの声が聞こえた。

体が持ち上がったと思うと沈《しず》み、左右に揺れた。

座っていても、ごろごろところがる。

気持ちが悪くなってきた。

「もういいです。船酔《ふなよ》いしそうです」

英治が言うと、揺れはおさまり、ドアがあいた。

「どうだ。本物の船に乗っているような気分だったろう?」

ダイコクが言った。

「そうですね。これをどう使うんですか?」

英治が聞いた。

「賢一を捕まえたら、眠《ねむ》らせてここへ放りこむ。そうすれば、目があいたときは船に乗せられたと思うだろう?」

「たしかに。そう思うでしょう」

「そうしたら、こう言うんだ。おまえは、奴隷《どれい》としてオーストラリアへ売られた」

「奴隷ですか?」

「そうだ。これから鉱山に入って、一生金を掘《ほ》るんだ。二度としゃばへは出てこれない、ってな」

「それは驚きますよ。ぼくだったら泣き叫《さけ》んじゃうな」

英治は、考えただけでも寒気がしてくる。

「賢一もきっとそうに違いない。一週間もこの部屋に入れておけば、覚醒剤も体から抜けるだろ

ないだろう」

「うまいこと考えましたね。しかし、なんて言うかな？　今さら親に、金を出してくれとは言え
「助けてくれと言ったら、親が金を払《はら》えば返してやると言う」

「そうなったら、どうするんですか？」

う」


英治は相原の顔を見た。

「親を親とも思わず、やりたい放題のことをしてきたんだから、頭は下げられないだろう」

「だったら、一生地下で働くしかない。君だったらどうする？」

ダイコクは英治の顔を見た。

「ぼくだったら、頼みますよ」

「やつだって頼むさ。頼んだら、おやじ宛《あて》に手紙を書かせる。今まで申しわけないことをしたけれど、これからはまじめになるから、どうかお金を出してください、という内容だ」

「まるで、ドラマか何か見てるみたいだな。だけど、これなら効くかもしれないぜ。金を出してもらったら、もう、親に大きな顔はできないもん」

「そうだな、これならいけそうだ」

相原もうなずいた。

「よし、そうとわかったら、賢一を捕まえよう」

ダイコクが言った。

「わかりました。さっそくやります」

英治は、その足で相原の家に向った。

「菊地、こんなことしてていいのか？　おまえは手を引けよ。あとはおれがやるから」

相原が言った。

そう言われると、試験のことが急に心配になってきた。

たしかに、相原に言われるまでもなく、こんなことをしている余裕はないのだ。

やっぱり、相原にまかせたほうがいいかなと思いながら、相原の家に行くと、ちょうど小黒から電話がかかってきた。

「おまえんちへ電話したらいなかったんで、うちへ電話したんだそうだ。ここに菊地がいるから替《か》わる」

相原は、受話器を英治に渡した。

「この前君が言った、変な電話がかかってきた。今夜七時に河原に来いってさ。もし来なければ、試験を受けさせなくするって言うんだ。どうしよう？」

小黒の声は、この前と違ってふるえている。

「わかった。おれが代わりに行くから、君は何もするな」

「そんなことしていいのか？」

「いいから、余計なことは考えずに勉強しろ」

「ありがとう。しかし、君だって勉強しなきゃいけないいんじゃないか?」

「おれのことはいいから勉強しろ」

英治は電話を切ると、

「どうやら、手を引くわけにはいかなくなったぜ」

と相原に言った。

6

二月になって、日は少し伸《の》びたとはいっても、夕暮《ゆうぐ》れは早い。

七時は、もちろん真っ暗である。

夏の夕方なら人出の多い河原も、この寒さでは、よほどのもの好きでなければ、河原には行かない。

顔が痛くなるほどの冷たい風が吹いている。

英治は、一人で河原へ出かけた。

頭からすっぽりとスキー帽《ぼう》をかぶっているので、この暗さなら近くに寄らなければ、小黒か英治か判別はできないはずだ。

堤防《ていぼう》の上から川を見下ろすと、対岸の明かりを受けて、川面《かわも》が冷え冷えと光っている。

英治は、ゆっくりと堤防を降りていった。

この河原のどこかに、ダイコクとジュロー、それに相原と立石も隠《かく》れているはずだ。

安永に言えば、何をおいても駆《か》けつけるが、受験のこともあるので、相原が言わなかったのだ。

安永は、大検でずいぶん頑張っているが、W大は相当の難関《なんかん》だ。

それはわかっているのだが、安永はどうしても挑戦《ちょうせん》してみると言っている。

英治が河原まで降りたとき、堤防にバイクが走ってきて停まった。

吉村だなと思った。

吉村は英治の姿を認《みと》めると、

「おーい、小黒か？」

と声をかけてきた。

英治は、それに応《こた》えて手を振《ふ》った。

「今そこへ行く」

吉村は、堤防を駆け足で降りてくる。

来るなと思ったとき、吉村は何かに足を取られて倒《たお》れた。

その上に、黒い影《かげ》が折り重なった。

英治が駆けつけてみると、吉村は両手をしばられ、目と口にガムテープをはられて、もがいていた。

二人の男が、もがく吉村をかついで堤防を登っていく。

その前方に、いつの間にかワンボックスカーがあらわれ、吉村はその中に押《お》しこまれてしまった。

車が発進した。

英治が、あっけにとられて見送っていると、肩をたたかれた。

「いい手際《てぎわ》だな。あれはプロでなくちゃやれないよ」

相原が言った。

「これから眠らされて、気がつくと船の上か……？」

「びっくりして、パニックになるぜ」

英治は、吉村の驚く顔が目に見えるようだった。

「シナリオどおり、うまくいくかな？」

「いくと思う。なんといっても東シナ海の上だからな」

「すげえ仕掛《しか》けを考えたものだな」

「あれで、何度も成功しているらしい。だいたい長くて一週間だそうだ」

「それはそうだろう。本当に船の上だと思ったら、おれなら、一週間はもたないよ」

「着けば、一生地下牢《ろう》だからな。あの連中、うまいこと考えたもんだな。これなら、家庭内暴力なんてイッパツで直るぜ」

「さあ、早く帰って勉強しろよ」

相原が言った。

「うん」

そうは言ったものの、こんなに興奮《こうふん》してしまっては、なかなか元へもどれない。

しかし、勉強しなくちゃ。

英治は家路を急いだ。


それから十日ほどして、ダイコクから電話があった。

「賢一は家にもどった。見違えるようにいい子ちゃんになったから、もう心配はいらないぞ」

「そうですか。ありがとうございます。吉村は本気で信じたんですか？」

「もちろんだ。一生地下牢だと言ったら、泣いて頼んだ」

「そりゃそうでしょ。ぼくだって、きっとそうしたと思いますよ」

英治の実感だった。

「家にもどると、体の垢《あか》を落としたいと言って、一人で北海道へ出かけた。これから一カ月、雪の中を歩きまわるのだそうだ」

「今度という今度は、七福神を見直しましたよ」

「そうか、そうか。一生懸命《けんめい》勉強しろよ」

ダイコクは、満足そうに言うと電話を切った。

あの連中、本物の七福神になってしまった。

そう考えると、おかしくて、知らずに笑いがこみあげてきた。


いよいよ英治の試験の日がやってきた。

その朝、英治はまだ暗いうちに目覚めてしまった。

電話が鳴った。

きっと相原に違いない。遅刻《ちこく》するといけないと思って、電話してきたのだ。

相原って、そういうやつだ。そう思って受話器を取った。

「菊地か?」

相原とは声が違う。

「そうだよ」

「おれだ、吉村だ」

「吉村か、いまどこにいる?」

「北海道の真ん中だ」

「そんなところから電話してるのか?」

「うん」

声がふるえている。

「寒いだろう？」

「寒いなんてもんじゃない。おまえ、今日試験だろう？」

「どうして知ってるんだ？」

「そんなことはどうでもいい。頑張れよ」

電話はそこで切れた。

吉村は、英治の試験の日を覚えていて、こんなに朝早く電話してくれた。

——あいつ。

胸が熱くなった。

——頑張らなくちゃ。

しかし、その日の試験の結果は、中尾と合わせてみて、さほどよい出来ではないことがわかった。

「だめだな」

英治は、これでは合格できないと覚悟《かくご》した。

合格発表の日、英治は見に行っても仕方ないと思ったが、中尾に誘《さそ》われて仕方なく一緒に見に行った。

中尾は合格していたが、英治の名前はなかった。

「また来年、挑戦するよ」

英治は、自分でも不思議なくらい落ちこまなかった。

小黒から電話があって、おかげさまでうまくいったと言った。

「長い間、苦労したかいがあったな」

「それは、三月十日の発表の日まで待ってくれよ」

「しかし、自信はあるんだろう？」

「まあな」

「おれは浪人《ろうにん》だ」

「気を落とすなよ」

小黒が慰《なぐさ》めてくれた。

落とすわけないだろう。いま頭の中は、アジア・グランド・ツアーでいっぱいなんだ。

相原は、落ちたと言っても、そうかと言っただけで、すぐ卒業旅行の話になった。

「これまでは遠慮して言えなかったけれど、大至急《だいしきゅう》準備だ。今夜六時におれんちへ来てくれ」

「よしわかった」

ひとみには、こちらから先に電話したほうがいいと思って電話した。

「落ちたの？」

英治が何も言わない先に言った。

「どうしてわかる？」

「受かったら、電話してこないと思ってた」

――こいつ、こっちのことをなんでもお見通しだ。

「ひとみの後輩になるのは悔しいけれど、まあいいか」

「あれだけ遊んでたんだもの、受かるわけないよ」

「それもそうだ」

試験に落ちるということは、気分が滅入《めい》るものだが、ひとみと話しているうちに、すっかり明るくなった。

安永から電話があって、

「おれは落ちた」

と言った。

「おれもだ」

「そうか、おまえもか。では一緒に頑張るか」

安永は、全然落ちこんでいない。

「柿沼もだめだってさ。秋元はどうかな？」

「芸大だから、現役《げんえき》は無理だろう」

「どっちも浪人生は覚悟してるだろう。谷本がK大の理工に入ったぞ」

「そうか。もう一人K大を受けると言ったのは、谷本だったのか」

谷本なら合格しても不思議ではない。

「二人とも先輩か……まあ、仕方ない」

「そんなことは気にするな、今夜、相原のところに行くぞ」

安永の電話が切れると、英治は胸が騒《さわ》いできた。

Ⅲ シンガポールへ

Kazuto Nakao

1

その夜、相原《あいはら》の家に集まったのは、英治《えいじ》、中尾《なかお》、柿沼《かきぬま》、天野《あまの》、安永《やすなが》、谷本《たにもと》、立石《たていし》、日比野《ひびの》と、久美子《くみこ》、ひとみ、純子《じゅんこ》の計十一人だった。

最初は十五人行くはずだったが、いろいろと都合が悪くなって、参加できない者が出た。

これに、シンガポールでひかるが加わるので、十三人ということになる。

はるも行きたいと言ったが、今回はヨーロッパと違《ちが》って暑いし、ハードな旅なので、遠慮《えんりょ》してもらったが、はるは、なかなか納得《なっとく》しなかった。

「では、日程表《にっていひょう》を発表するぜ」

相原は、コピーをみんなにくばった。

一日目　三月五日　成田《なりた》発↓シンガポール泊《はく》

二日目　三月六日　シンガポール泊

三日目　三月七日　バスでクアラルンプールへ。泊

四日目　三月八日　バスでペナンへ、泊
五日目　三月九日　バスでバンコクへ。泊
六日目　三月十日　飛行機でホーチミンへ。泊
七日目　三月十一日　ホーチミン泊
八日目　三月十二日　飛行機でホンコンへ。泊
九日目　三月十三日　飛行機で成田へ

「一ヵ所に二泊以上はしないんだから、けっこうきついね」

純子が、日程表を見ながら言った。

「できるだけ少ない予算と短い期間で、できるだけ多くのものを見ようという欲張《よくば》った企画《きかく》だから、こういうものになった」

相原が言った。

「この日程を作るのに、相原は苦労したと思うよ。通過するだけになるかもしれないけれど、そのとき強い印象をおぼえたら、この次にもう一度行けばいいんだ」

中尾が言った。

「そういうつもりで作ったんだ。しかし、ただの観光旅行じゃつまらないから、おれたちがどうしても見ておきたいものは見る」

「たとえば……？」

ひとみが聞いた。

「シンガポールへ行ったら、ふつうの観光コースはやめる」

「え？」

ひとみが意外そうな顔をした。

「都心の記念公園にある白い塔《とう》『血債《けっさい》の塔』を見に行く」

「『血債の塔』って何だ？」

中尾が聞いた。

「中尾も知らないだろう。この塔の正式名称《めいしょう》は『日本占領《せんりょう》時期死難人民《しなんじんみん》記念碑《ひ》』といって、地下には日本軍に殺された遺骨《いこつ》が埋葬《まいそう》されている」

「戦争中、日本軍がシンガポールの華僑《かきょう》を虐殺《ぎゃくさつ》したことは、何かで読んだことがある」

「日本の教科書には、六千人ないし二万人としか書かれていないけれど、向こうでは五万人と言っている」

「どうして、そんなに殺しちゃったの？」

ひとみが聞いた。

「日本軍に抵抗《ていこう》するとみなした中国系住民《けいじゅうみん》を殺してしまったんだが、その基準はずいぶんいいかげんなものだったらしい」

「ひどいわね。私《わたし》たちは、そんなことがあったなんて知らないもの」

ひとみは顔をしかめた。

「日本では、昔の古傷《ふるきず》は早く忘《わす》れてしまおうという風潮《ふうちょう》があるから、若《わか》い世代に事実を教えないんだ」

「何も知らないおれたちが、現地に行って言われたら、なんて答えたらいい？　知らないではすまされないぜ」

英治が言った。

「そうなんだ。だから将来《しょうらい》、アジアの人たちとつき合うために、事実をこの目でたしかめておきたい。それが今度の旅行の目的の一つでもあるんだ」

「相原、さすがジャーナリストを志《こころざ》すだけある」

中尾がほめた。

「こういうことを勉強するきっかけになったのは、陸培春（ル・ペイチュン）という人の書いた『観光コースでないマレーシア・シンガポール』という本を読んでからだ。ルさんはクアラルンプール生まれで、日本に留学して東京外大を卒業後、シンガポールの『星州日報』の特派員《とくはいん》などをしたあと、現在はコラムニストだ」

「向こうへ行く前に、一度会ってみようよ」

中尾はのり気だ。

「そうだな、矢場《やば》さんなら知ってるかもしれないから、頼《たの》んでみるか」

相原もその気になったようだ。

「私もレクチュアしてもらいたい」

ひとみは、意外に乗り気になった。きっと、教師を目ざしているせいだな、と思った。

ひとみに、こういう面があるとは、新しい発見だ。

「みんなにくばった地図を見てくれ。マレーシアとタイの国境の近くに、コタバルというところがある」

相原が言うと、ひとみが指をさして、

「ここね？」

と英治に言った。

「一九四一年十二月八日、日本軍はこのコタバルに上陸した。同時にタイ領のシンゴラ、パタニにも上陸し、一挙にシンガポール目がけて南下した。その距離《きょり》は約一一〇〇キロメートル」

「一一〇〇キロといえば、東京から下関《しものせき》まで行く距離だぜ」

立石は妙なことを知っている。

「翌年一月十日には、マラヤ連邦《れんぽう》の首都クアラルンプールを占領、一月三十一日にはマレー半島南端《なんたん》のジョホール・バルに到達《とうたつ》した。二月八日、日本軍はジョホール水道を渡《わた》り、シンガポール総攻撃《そうこうげき》を開始、二月十五日、イギリス軍は降伏《こうふく》したんだ」

「日本軍は、シンガポールを昭南島《しょうなんとう》といったんだろう？」

「なんでそんなこと知ってるんだ？」

英治は柿沼に聞いた。

「おじいちゃんに教えてもらったんだ。おじいちゃんは、戦争でシンガポールへ行ったらしい」

「占領した日本軍が、まっ先に行ったのが華僑《かきょう》虐殺だ。その様子は、シンガポールの中学二年生用の教科書『近代シンガポールの歴史（HISTORY OF MODERN SINGAPORE）』に出ている。読むから聞いてろ」

相原は読みはじめた。

「日本軍は、シンガポールの人々を、イギリスの支配から解放するために来たのだと言っていました。（しかし）どの人種の人々も、解放されたとは思いませんでした。

そうではなく、ただ支配者が変わっただけであると考えました。

事実、人々は新しい日本の支配者を恐《おそ》れて、生活を送っていました。

道路には有刺鉄線《ゆうしてっせん》が置かれ、バリケードが作られました。日本軍の警備兵《けいびへい》は通行人をいじめ、何時間も道路に正座《せいざ》させることもありました。

日本の警備兵が見ていないときに、自転車で通《とお》り抜《ぬ》けようとして捕《つか》まった人もいました。正座させられ、それから気を失うまで頭を殴《なぐ》られました。

日本兵は、すべての人に服従《ふくじゅう》と日本兵への尊敬《そんけい》を要求しました。

警備に立つ日本兵の前を通り過ぎる時は、かならずお辞儀《じぎ》をしなければなりませんでした。そうしないと顔をたたかれるか、足でけられるか、あるいは別の方法で罰《ばっ》せられたのです。

マレーの人々も日本軍の下で苦しみました。日本兵に路上で逮捕《たいほ》され、『死の鉄道』の建設のために、タイに送られた人もいました。

ちょっとでも悪いことをすれば、容赦《ようしゃ》なく罰せられ、日本兵に殴られたり、首をはねられたりしました。

日本軍は、インド人にインドを支配しているイギリスと戦うために、インド国民軍に加わるように要求しました。しかし、多くのインド兵士（主にシーク人）とガーク人は、インド国民軍に参加することを拒否《きょひ》しました。

拒否したために、殺された人もいました。インド人も『死の鉄道』から免《まぬか》れることはできませんでした。

ユーラシアン人（ヨーロッパとマレー人の混血《こんけつ》）も、日本軍の下で苦しみました。なぜなら、彼《かれ》らはヨーロッパ人のように見えたからです。多くの人は収容所《しゅうようじょ》に入れられました。ユーラシアン人の中には、シンガポール義勇軍《ぎゆうぐん》に加わり、日本軍と戦っていた人もいました。イギリス軍を援助《えんじょ》したと疑《うたが》われた人は、撃《う》ち殺されました。

最も苦しめられたのは華僑でした。彼らは、日本と戦う中国を積極的に支援《しえん》していました。日本軍は華僑を罰するために、十八歳《さい》から五十歳までのすべての華僑に、時には女性や子供にまで本部に出頭するように命じ、尋問《じんもん》しました。

誰《だれ》が反日分子《ぶんし》であるかを判断する、適当な方法はありませんでした。

ある本部では、頭巾《ずきん》や目隠《めかく》しをされた華僑が日本軍の敵《てき》として、他の人を指さすようなことが行われました。

「反日的でないと証明された人は家に帰されました。『検』と書かれた紙を渡《わた》されたり、シャツや腕《うで》にその文字のスタンプを押《お》してもらうと、それ以上、尋問の必要なしという証明書になりました。

一方、反日的と判断された何千人もの人々がいました。

彼らはトラックでチャンギ・ビーチや、南海岸のビーチにつれていかれました。

次の文は、トラックでつれていかれた一人の身の上に起こったことです。

――私たちは次に海の方へ移動するように言われた。全員が水の中に入ったとき、機《き》関銃《かんじゅう》が火を噴《ふ》いた。私はグループの最後尾《さいこうび》にいた。仲間たちが撃たれ、残りの者もなぎ倒《たお》された。私は倒れるとき、顔面に弾《たま》が当たった。その時機関銃の射撃《しゃげき》は止《や》み、日本軍兵士が私を踏《ふ》みつけ、私の隣《となり》にいた人を刺《さ》した。彼は私の方を向かなかったので、私は刺されなかった。私はずっと目を閉《と》じていた。しばらくして、トラックが去っていく音が聞こえた。(『シンガポールが昭南島であったとき』季刊『群馬評論』/赤石竹夫から)

「日本軍って、ひどいことをやったものね。こんなこと全然知らなかったわ」

ひとみが表情をこわばらせた。

「おれたちは知らされてないのに、シンガポールでは中学の教科書に載《の》ってる。それが問題だよ」

中尾が言った。

「そのとおりだ。日本では、どうしてこういう事実を隠《かく》したんだ？　最近の従軍慰安婦《じゅうぐんいあんふ》のことだって、戦争が終わって五十年もたってから問題になるなんておかしいよ」

相原が言った。

「とにかく、ルさんに会って話を聞こうよ」

ひとみが言った。

2

矢場に電話して、ルさんのことを聞くと、

「ルさんならよく知っている。すぐ紹介《しょうかい》しよう」

と言ってくれた。

それから二日後の夜、ルさんは忙《いそが》しい時間を割《さ》いて『来々軒《らいらいけん》』にやってきてくれた。

黒縁《くろぶち》の眼鏡《めがね》をかけたルさんは、日本語もうまく、親しみやすい風貌《ふうぼう》をしている。

「ぼくにも、高校生の息子《むすこ》がいるんだ」

ルさんは、みんなの顔を見まわして言った。

「ぼくらは高校を卒業する記念として、大旅行（グランド・ツアー）を思い立ったのです。二十一世紀になったら、アジアの時代になるのだから、どうしても、この目でアジアを見ておきたいと思っていました。ところが、ガイドブックに載っている観光地に行ったって意味はない。といって、どこへ行ったらいいかわからない。そんなとき、ルさんの本を見つけたのです。読んだとたん、これだと思いました」

相原が一気に言った。

「ぼくは、いろんな集会で講演《こうえん》するけれど、お年寄りの聴衆《ちょうしゅう》のなかには、日本の侵略《しんりゃく》が、『アジア解放のきっかけになった』と主張する人もたくさんいる」

「それは、おれもおじいちゃんから聞いた」

柿沼が言った。

「それを聞くと、当時の人々が、いかに軍国主義の害毒《がいどく》に染《そ》められたかよくわかる。いまさら、彼らの考えかたを改造するのは無理な話だから、ぼくは議論《ぎろん》しないことにしている」

「だけど、悔《くや》しいでしょう？」

ひとみが言った。

「あきらめたよ。しかし、これからの時代を背負《せお》う君たち若《わか》い世代には、ぼくの主張をわかってもらいたい。君たちのこれからの人生に、希望と期待を託《たく》している。それは、君たちは、アジアの次の世代と交流する人たちだからだ」

ルさんの口調は、次第に熱っぽくなった。

「ぼくはアメリカの大学に行って、将来《しょうらい》はジャーナリストになりたいと思っています」

相原が言った。

「日本のマスメディアの国際報道は、欧米偏重《おうべいへんちょう》で、アジア関係のニュースといえば、政治経済《けいざい》に偏《かたよ》っている。そのためアジアのニュースとか、アジアの民衆《みんしゅう》の心が理解できる記事が少ない。これが、日本人のアジアへの無知を助長する原因《げんいん》の一つだといえる。さらにおかしいのは、アジア問題をライフワークにする記者は少ない」

「なぜですか？」

相原が聞いた。

「それは、出世しにくいからだ。君には、ぜひアジア問題に取り組んでもらいたい。でないと、日本の〝無知〟を救うのは不可能となって、アジアの若い世代の相手国への理解は、ますますギャップが大きくなる一方だと思う」

ルさんの言うとおりだと、英治は思った。

「ぼくらは時間が限《かぎ》られていますから、旅行は九日間です。たったそれっぽっちで、何か得ることができるでしょうか？」

相原が聞いた。

「旅というのは、時間をかけてまわればいいというものではない。たった一つでもいい、心に残るものと出会うことだよ」

「シンガポールでは、どこに行ったらいいですか？」

「日本軍が華僑の大虐殺を行ったチャンギ・ビーチ。『血債の塔』。セントーサ島にある『シンガポールのイメージ館』。ここに『降伏の間《こうふくのま》』があるから、ぜひ見ておくといい。それから時間があったら、日本人墓地《ぼち》を見るべきだ」

「マレーシアでは、どこに行ったらいいですか？」

相原が聞いた。

「シンガポールを攻略《こうりゃく》した一カ月後、日本軍による『華僑粛清《しゅくせい》』の魔手《ましゅ》が、マレー半島の片田舎《かたいなか》の村へ伸《の》びた」

「どうして、そんなことをしなければならなかったのですか？」

「日本軍の第一の目的は、『重要国防資源《こくぼうしげん》』の確保《かくほ》と、軍の食糧《しょくりょう》などの現地調達、そのための現地住民の懐柔《かいじゅう》、制圧にあった。だから、この目的に反する動きは、容赦《ようしゃ》なく弾圧《だんあつ》した」

「そこでもやったのですか……？」

英治は気持ちが重く、暗くなってきた。

「首都クアラルンプールに近いネグリセンビラン州の場合、『粛清』は六回にも達した。その現場を案内してくれる人に紹介状を書くから、向こうへ行ったら会ってみるといい。名前は楊振華(ヤン・ジェンホア)さんという」

ルさんが言った。

この州における華人《かじん》の受難《じゅなん》の日、場所、人数については、現地で作製された一覧表《いちらんひょう》にくわしく書かれている。

(日本語訳《やく》は、村上育造訳、高嶋伸欣・林博史編《へん》『マラヤの日本軍―ネグリセンビラン州における華人虐殺』に掲載《けいさい》)

「君たちはペナン島に行くんだろう?」

ルさんが聞いた。

「行きます」

英治が答えた。

「ぼくは、ペナンの鍾霊《チョンリン》中学校が母校だ。この島でも、日本軍の占領期間中、教師八名、生徒三十八名が虐殺された。校長に会って話を聞くといい。この人は英語はわかる」

ルさんの話は、そのあとも延々《えんえん》とつづき、気がついてみると、二時間以上たっていた。

ルさんと別れたあと、

「これで、こんどの旅行は意味のあるものになった」

相原は、いかにも満足そうであった。

「この旅を終えて帰ってきたら、私たちはきっと変わると思う。知らなかったと言って、私たちは責任を逃《のが》れるわけにはいかないわ」

ひとみが言った。

ひとみは、明らかに変わった。その変わり方に、英治は目を見張《みは》った。

3

三月五日　午前十二時
シンガポール航空《こうくう》997便《びん》は、成田を飛び立った。

英治は、窓《まど》に顔をくっつけ、息をつめるようにして外を眺《なが》めていた。

地上を離《はな》れた機体が急角度で上がると、見る間に風景が遠ざかり、やがて雲の下に消えてしまう。この瞬間《しゅんかん》は何度経験してもいい。

「あと七時間でシンガポールだ」

隣の席の柿沼がはずんだ声で言った。

その向こうの席にいるひとみが、シンガポールのガイドブックをひろげた。

「あの塔のことが出てるよ」

ひとみは、小さな写真を指さした。

空を背景《はいけい》に、突《つ》き刺《さ》すような塔が写っている。

「日本占領時期死難人民記念碑　ラッフルズ・シティの海側、戦争記念公園にある高さ七十メートルの塔、第二次大戦中の一九四二年二月十五日から約十日間、シンガポールを占領した日本軍は、多くの中国人、マレー人、インド人、ヨーロッパ人を虐殺した。その数は五万人ともいわれている。

戦後に大量の遺骨が見つかったため、一九六七年になって、シンガポール、日本両政府の協力で、犠牲者《ぎせいしゃ》の遺骨や遺品を埋葬《まいそう》した記念碑が建てられた。毎年二月十五日には慰霊祭《いれいさい》が行なわれている。日本とシンガポールの間の不幸な歴史の象徴的存在《しょうちょうてきそんざい》」

ひとみが記事を読んだ。

「ルさんから話を聞かなかったら、見過ごしてしまうところだったな」

「ショッピング目当ての観光客は、ラッフルズ・ホテルに目が向いて、きっと見向きもしないと思うよ」

ひとみが言った。

「ここから、エリザベス・ウォークを歩いていくと、シンガポール川にかかる古い橋のなかで、もっとも河口寄りにあるアンダーソン橋に出る、そこへ行く途中《とちゅう》で、マーライオンが見えそうだな」

柿沼が地図を見ながら言った。

「マーライオンだけは、絶対見たい！」

ひとみが言うと、前の席にいる純子がうしろをふり向いて、

「見たい、見たい」

と言った。

「二人ともミーハーだな、マーライオンを見るなら夜だ。ライトアップされて美しいらしいぞ」

柿沼が言うと純子が、

「じゃ、今夜行こう。この飛行機は、シンガポール着が十七時四十五分だから、ホテルに着いたらすぐ行こう」

「行くならどうぞ。おれはホテルでひと休みだ」

「いいよ、ロートルはおいていけばいい。菊地《きくち》君は行ってくれるよね？」

純子に言われて、英治は、

「うん」

と答えた。こういうとき、英治はいやとは絶対言えない。

「菊地君好き」

純子が派手《はで》な声で言うと、通路の向こう側の席にいる天野が、

「やけにはっきり言うじゃんか。聞き捨《きず》てならねえぜ」

と言った。

「菊地は、女に優《やさ》しいからもてるんだ」

柿沼が言った。

「柿沼君、卒業式感動した？」

ひとみが聞いた。

「感動するわけないだろう。こっちは浪人《ろうにん》なんだ。感動してるのは、合格したやつだけさ」

純子が言った。

「私、感動したよ」

「へえ、どうして？」

柿沼が不思議そうな顔をした。

「だって、小学校、中学校、高校とつづいてきた学校生活も、これで最後かと思うと、じーんときちゃった」

「純子の気持ち、わかる」

立石が言った。

「これは、高校でやめる者しかわかんねえだろう」

そうかもしれない、と英治は思った。

「菊地君は、卒業式感動しなかった？」

純子が聞いた。

「中学の卒業式は感動的だったけど、高校はしらけてたな」

英治は、相原のほうを見た。

「そうだな。少なくとも、中学校のときみたいな感動はなかった」

「卒業式があっただけいいじゃんか。おれなんて、そんな経験はねえ」

安永が言ったが、別に羨《うらや》ましそうな表情ではない。

「あれから、吉村《よしむら》から連絡《れんらく》はあったか？」

相原が聞いた。

「ない。もしかすると、おれはK大に合格してると思ってるかも」

英治が言うと安永が、

「菊地、吉村とつき合ってるのか？」

とげげんそうな顔をした。

「みんなには、勉強の邪魔《じゃま》になると思って黙《だま》ってたけど、こういうことがあったんだ」

英治は、吉村とのいきさつをみんなに説明した。

「それっていい話だ。面白《おもしろ》いけど悲しい」

柿沼が笑いながら言った。

「吉村は、中学へ入ったときは、びっくりするほどよくできた。どうして、あんなになっちゃったのかな？」

中尾が言うと、吉村が、本当に優秀《ゆうしゅう》だったように思えてくる。

「おやじとおふくろのせいだと思うぜ、二人とも教師なんてかなわねえよ」

天野が言った。

「そうとは断定できないぜ」

中尾が言った。

「原因《げんいん》はいろいろかもしれねえけど、そういうことにしとけよ」

天野は無責任《むせきにん》だ。

「おれも純子も、勉強のべの字も親から言われなかった。だから、ぐれなかったのかもな」

立石が勝手にきめつけた。

「おれも勉強しなかったな。しかし、体にはたっぷり知恵をつけさせてもらった」

日比野が言うと、天野がすかさず、

「体につけたのは、知恵ではなくて脂肪《しぼう》だろう」

と言ったので、みんな大笑いになった。

「おれたちって、中学も楽しかったけど、高校も楽しかったな」

谷本がぼそっと言った。

「それは、すてきな仲間がいたからさ。おれも、よくみんなに世話をかけたな。ありがとうよ」

安永は、このことをいまでも思っているのか？　「おれたちの仲間に安永がいなかったら、こんなふうにはならなかった。それは、みんな同じだ。ありがとうなんて言うな」

相原が言った。

「そうか、そうだったな」

安永は、素直にうなずいた。

「天野はN大の放送科か。狙《ねら》ったところに入れて満足だろう？」

柿沼が聞いた。

「ああ、満足してるぜ、おれは中学のときから、ここに入ろうと思ってたんだ」

「それはおれも同じだ。しかし、入れねえ」

「カッキーはいい医者になる。それは、おれが保証《ほしょう》する」

「天野はいいかげんだから、あてにならねえよ」

柿沼が言うと純子が、

「私も、なれそうな気がする」

と言った。すると、みんなが「なれる、なれる」と言いだした。

「そんなに、まともに言われるとてれるなあ」

柿沼は、てれくさそうに鼻をなでた。

「これからも、みんなこういう関係をつづけようぜ。今度の旅行は、そういう目的もあるんだ」

相原が言った。

「そういう相原は、アメリカに行っちゃうんだろう？」

立石が言った。

「どこに行ったって、連絡は直《す》ぐとれる。何かあったら飛んで帰ってくるさ」

「ときどき帰ってきなよ」

ひとみが言った。

「日本で会うより、外国で会おうぜ。もう一度イタリアに来いよ。おれは、そう簡単《かんたん》には帰れないんだ」

日比野が、ちょっとさびしそうな顔をした。

「ヨーロッパにはもう一度行くつもりだ」

相原が言った。

「本当？」

ひとみが目を輝《かがや》かせた。

「本当さ。もう一度、トスカーナのあの城を訪《おとず》れてみたい」

英治が言ったとたん、日比野の目が輝いた。

「その言葉、本気だと思っていいか？」

「いいよ。なあ」

英治は、相原の顔を見た。

「おれは、アメリカから行く。行けるのは来年くらいになると思うから、それまで、せいぜい旅費を積み立てておけよ」

「今度は、イタリアというよりは、ドイツとオーストリアだ」

「ウィーンに行くの？」

ひとみが聞いた。

「もちろん」

「目的はなんだ？」

中尾が聞いた。

「ヨーロッパ最大の帝国《ていこく》を築いたハプスブルグ家だ」

「ハプスブルグ家は面白い。おれも行く」

中尾は目を輝かせた。

「みんな来てくれ。ガイドはおれがやる。待ってるぞ」

日比野は、すっかりご機嫌《きげん》になった。

4

久美子が英治の座席にやってきて、

「ちょっと来て、会わせたい人がいるから」

と言った。

英治が久美子の隣《となり》の席に座《すわ》ると、久美子の向こう側に大学生らしい男がいた。

「この人、内山《うちやま》さんっていうんだけど、バック・パッカーでアジアをまわっているんだって。いろいろ知ってるから、なんでも聞けって言われたの。あらためて見ると、風体《ふうてい》からして、うさん臭《くさ》そうに見えない？」

「うさん臭いはいいなあ」

内山は、久美子の失礼な言い方を全然気にしていない。

こういうタイプの人間に会うのははじめてだ。ちょっと面白いと思ったので、英治は自己《じこ》紹介した。

「グランド・ツアーなんて、いいこと思いついたね。君のアイディア？」

内山は、あごひげをなでながら、親しみある口調で言った。

「ええ、まあ」

英治は、内山の正体がわからないので、いくらか警戒気味《けいかいぎみ》に言った。

「君たち、アジアははじめて？」

「そうです」

「一度行くとはまって、何度でも行きたくなるよ。ぼくなんか、これで十回目だ」

「十回？　大学生じゃないんですか？」

「そうだったけれど、中退しちゃった。一度行くと半年も帰ってこないから、除籍《じょせき》されちまった」

内山は、そう言いながら、それほど残念そうな顔をしていない。

「アジアって、そんなに面白いですか？」

「アジアは、ヨーロッパやアメリカの大都会を歩くような、洗練《せんれん》された快適さはない。不潔《ふけつ》で猥雑《わいざつ》で、人々のマナーも悪い。すりや乞食《こじき》もいる。どこに行っても人々でいっぱいだ。そういうのは嫌《きら》いだと言う人は、アジアを好きにはなれないだろう」

「内山さんが、何度も行きたくなる理由はなんですか？」

「最近日本の若者を見ても、すっかりパワーが落ちてしまっている。しかし、アジアは違う。あそこには、煮《に》えたぎるようなエネルギーがある。それがぼくを惹《ひ》きつけるのだ」

内山の口調が熱っぽくなった。

「なぜですか？」

「まだ貧《まず》しいからさ。日本だって、貧しいときは、みんな必死になって生きようとした。しかし今は、いいかげんに生きてたって、なんとか食える。だからパワーがなくなったのさ」

「パワーって、生きる力ですか？」

「君たちは、アジアに行ったら観光地なんか行く必要はない。彼らのパワーを自分の目で見るだけで、パワーを取りこめる。それだけで、アジアに行った価値《かち》はある」

内山の言葉には説得力がある。

久美子が言った。

「内山さんは、現地の人が泊《と》まるような安宿《やすやど》に泊まってるんだって」

「シャワーもトイレも、窓《まど》もない部屋だ」

「暑いんじゃないですか？」

「もちろん暑い。しかし、そこには世界各国からやってくる友だちがいる。そいつらと話していると、夜なんか寝《ね》る暇《ひま》がない」

「アジア無宿ですね」

「まあ、そんなところだ」

内山は、笑うとかわいい顔になった。

「私たちのコースは一応話したわ。もし向こうで会うことがあったら、観光ガイドにない穴場《あなば》を案内してくれるって」

久美子が言うと、内山がうなずいた。

「それは、ぜひおねがいします」

ヨーロッパ人らしい、ひげもじゃの男がやってきて、内山に何か話しかけた。

「ちょっと失礼」

内山は、そう言って席を立つと、男のあとについていった。

「面白い人でしょう?」

久美子が言った。

「向こうで、何か役に立つかもしれないな」

「シンガポールでもマレーシアでも、バンコクでも、アジアのことならなんでも相談しろと言ってたわ」

「相談しろと言ったって、連絡する方法はないんだろう?」

「シンガポールの連絡先は、聞いておいたわ」

あのかっこうでは、あまり役立ちそうにも思えないが、知っていて、悪くはないか……。

それとも、だまされたりしないか……。ふとそんな不安が頭の隅《すみ》をかすめた。

「久美子、どうして大学を受けなかったんだ?」

英治は、ずっとそのことが気になっていた。

「行きたいところがないからよ」

久美子は、前を見たまま言った。

「何をやりたいんだ？」

「冴子《さえこ》って、ファッション画がうまかったでしょう。彼女《かのじょ》なら、きっといいファッション・デザイナーになれたはずだわ」

「そうだな。一万人の中から五十人の中に入ったんだから」

英治は、あのラフデザインを見せてくれたときの冴子を思い出した。

「その冴子が、私にファッション・デザインの才能があるから、一緒《いっしょ》にやろうと言ってくれたことがあるの」

「久美子がファッション？」

「え？　と思うでしょう。ところが、私にはそういう才能があるのよ。自分でもわからなかったけれど、冴子に言われて、はじめて自覚したの」

「それじゃ、そっちに進むのか？」

「うん。ミラノにファッション・デザイン学校があるから、そこに行こうかと思って。それまでにイタリア語を勉強しなくちゃ」

「そのこと、日比野は知ってるか？」

「知らない。だれにも秘密《ひみつ》。話しちゃだめよ」

「わかった。しかし、驚《おどろ》いたな。久美子がファッション・デザイナーとは……」

「そのうち、クミコというブランドが、世界のファッション界に登場する日がくるから、その日を期待してて。なんちゃって」

久美子はてれ笑いをした。

「久美子なら、パワーがあるからなれる」

「ファッションは、パワーだけじゃなれないよ」

「最後はパワーさ。すてきな夢があっていいな」

「とにかく、来年はミラノにいるから、必ず来てよ」

「わかった。ミラノとフィレンツェには必ず行くよ。安永は、そのこと知ってるんだろ？」

「知ってるよ」

「だから、ヨーロッパに行くと言ったのか……。この中のだれが、最初に夢に到達《とうたつ》するかな？」

「そんなのいつだっていいし、到達できなくてもいいのよ。夢に向かって挑戦《ちょうせん》するだけで」

「成功するかどうかは運か。瀬川《せがわ》さんが、そんなこと言ったような気がする」

「そうよ。でも、冴子は自分の果たせなかった夢を、私に託《たく》したような気がする。だから、冴子のためにも頑張《がんば》らなくちゃ」

「久美子って、いいこと言うなあ」

英治は、すっかり感心した。

内山は、ヨーロッパ人の席に行ったまま帰ってこなかった。

5

シンガポールは、赤道からわずか百三十八キロ北で、マレー半島の南端に位置する。大小約五十の島から成り立っており、総面積は、淡路島《あわじしま》よりやや大きいくらいだ。

しかし、シンガポール島の南端にあるチャンギ国際空港は、アジア最大規模《きぼ》の空港である。

997便は、時間どおり現地時間の午後六時少し前に、チャンギ国際空港に着いた。

飛行機から出ると、体全体が、南国特有のむっとする熱気に包まれる。成田を発《た》ったときの肌《はだ》寒《ざむ》さはどこかに消えてしまった。

「とうとう来たね。赤道のすぐ近くだというから、もっと暑いと思ってた」

純子は、はるばるやってきたという興奮《こうふん》を、押《お》さえきれない顔をしている。

空港の長い通路を通って、入国審査《しんさ》の列に並《なら》ぶ。

それを通《とお》り抜《ぬ》けると、機内に預けた荷物を受け取るのだが、みんな荷物は機内に持ちこんだので、そのまま税関検査《ぜいかんけんさ》を受ける。

パスポートを見せるだけで、ノーチェックでホールに出る。

「相原くーん」

突然《とつぜん》、大きな声がしたのでそちらのほうを見ると、ひかるが手を振《ふ》っている。

「出迎《でむか》えご苦労さんです」

天野が大げさなしぐさで言った。

「どういたしまして。これから地下へ降《お》りて、市バスに乗るからね。ついてきて」

ひかるは、てきぱきと行動する。

「シンガポールはくわしいのか？」

英治が聞いた。

「はじめて。少し前に着いたから調べておいたの」

そういえば、ひかるもキャスター付きボストンを引《ひ》っ張《ぱ》っている。

「会うのは一年ぶりかな？」

純子が聞いた。

「そうね。純子、きれいになったよ」

ひかるが言った。

「私はラーメン屋のお姉ちゃんだからね。ひかるこそ、見違《みちが》えるようにきれいになった。ボーイフレンドがうじゃうじゃいるでしょう？」

「まあね」

ひかるは否定《ひてい》しなかった。

「ホテルに着いたら、マーライオンを見に行きたいの」

ひとみが言った。

「私も見たい。一緒に行こう」

「ひかるも、けっこうミーハーだぜ」

柿沼が言った。

「シンガポールへ来てマーライオンを見なかったら、ニューヨークへ行って、自由の女神を見ないようなものよ。そういうのを、へそ曲がりっていうの」

ひかるが言った。

空港を出たバスは市内に向かった。窓からここちよい風が入ってくる。

「すばらしい道路ね。きれいだとは聞いてたけど、ごみ一つ落ちてないね」

ひとみが、髪《かみ》を風になびかせながら言った。

その横顔がすごくかわいい。

「きれいだ」

英治は、そう言いかけてやめた。

「ここは、ゴミ捨て罰金《ばっきん》だから気をつけろ」

相原が言った。

「日比野、立ちションするな。それから、駅の構内で飲食しても罰金だ」

と柿沼が注意した。

「なんで、おれに言わなくちゃなんないんだ？　こう見えても、おれは外国暮《ぐ》らしが長いんだ」

日比野がふくれてみせた。

「イタリアじゃ、何やったって罰金なんか取られないだろう？　だから注意したのさ」

「それはどうもご親切に」

日比野も、車外に流れる南国の風景に目を奪《うば》われているので、上《うわ》の空《そら》だ。

市内に入ると車の数は多くなり、やがてチャイナタウンの近くの、ホテルに着いた。

「部屋に荷物を置いたら、すぐマーライオンを見に出かけるからね。行く人は手を上げて」

ひとみが言うと、ひかる、純子、久美子が手を上げた。

「菊地君、行くって言ったでしょう」

ひとみが、ちょっと不満げに聞いた。

「おれはホテルでひと休みする」

菊地がそう言うのは無理もない。

「うそつき。じゃあ、四人で行ってこよう」

ひとみがちょっとすねて言った。

「マーライオンだけ見て帰ってこいよ。おかしなところをふらふらするな」

英治は、なんとなく気になったので注意した。

「まるで小学校の先生みたい」

ひとみが笑いながら言った。

部屋は相原と相部屋である。英治は、しばらくベッドで横になったが、シンガポールまで来て、こんなことをしていてはもったいないと思って、ロビーに降りた。

そこには、安永と柿沼もいて、街に出かける相談をしていた。

「チャイナタウンを見に行こうぜ」

安永が言った。

このホテルからだと、チャイナタウンはすぐ近くだ。

「行こう、行こう」

結局、安永、相原、柿沼、天野、英治の五人で、チャイナタウンに出かけた。

少し歩くと、突然中国の街があらわれた。

道路まではみ出している衣料品、電化製品、漢方薬《かんぽうやく》を売る店が、軒《のき》を並べている。

何を話しているかわからないが、威勢《いせい》のいい声、行き交う人の群《む》れ。これが内山の言った、アジアのエネルギーだなと思った。

人の流れに押し流されるように歩いていると、異様な建物が見えてきた。

「スリ・マリアマン寺院だ」

相原の説明によると、これはシンガポール最古のヒンズー教寺院だそうだ。

正面の古い塔は、牛や戦士などの彫刻《ちょうこく》で飾《かざ》られている。

中に入ると線香の匂《にお》いがした。寺院の中には、まだ祈《いの》りを捧《ささ》げている信者の姿《すがた》が見える。

靴《くつ》を脱《ぬ》いで寺院に入った。ここだけは、別世界のように静まりかえっている。

ひととおり中を見て外へ出ると、みんなの姿が見えない。

どうせ、そのあたりをぶらついているのだろうと思って歩きはじめたが、どこに行ったのかわからない。

きっと、道を間違えたに違いない。

ホテルはすぐ近くなのだから、はぐれたらホテルにもどればいい。

しかし、歩けば歩くほど、同じような路地に入りこみ、ホテルがどこかわからなくなってしまった。

若い男がやって来たので、ホテルの名前を言ったが、首を振るばかりで全然通じない。

それから、二、三人に聞いたが、だれもホテルを知らない。

こちらの発音が悪いのだろうか？　それとも、英語は通じないのだろうか？

みんなはもうホテルに帰ってしまったのかもしれない。少しばかり心細くなってきた。

通りの角に立ってぼんやりしていると、男がやってきて、

「どこか探《さが》しているのか？」

と英語で聞いてきた。男の英語は英治にもわかったので、

「Hホテル」

とホテルの名前を言った。

「OK、ついてこい」

男は言って、先に立って歩きだす。英治はそのあとから歩いて行った。

道はだんだん暗くなって、街の喧騒《けんそう》が消えた。人通りも少なくなってきた。おかしいと思ったので、

「Hホテル」

と男に言ってみた。男は、わかっているというように、何度もうなずいて歩きつづける。

危険《きけん》だと感じた英治は、歩くのをやめて逃げようと思った。

ふり向くと、いつの間につけられたのか、別の男がいる。

「パスポート、マネー」

男が手を出して言った。まわりを見たが人影《ひとかげ》はない。

「ない」

英治が首を振ると、前の男がもどってきて、ナイフを突《つ》きつけた。

こうなったら、しかたない。さいわい小銭《こぜに》しか持っていないので、ポケットから出した。

「パスポート」

男が重ねて言った。

「持ってない。ホテルだ」

男は、英治の体を両手でさわると、首からぶら下げていたパスポート入れのビニール袋を引き

ちぎった。

その中にパスポートが入っている。

英治は、ホテルに置いてこなかったことを悔《くや》んだ。

男は、袋からパスポートを抜き出すと、もう行ってもいいと、手で合図した。

英治がホテルにもどったのは、それから三十分ほどしてからだった。ロビーにはみんな集まっていた。

「どこに行ってたのよ。みんな心配してたじゃないの」

ひとみが、ほっとした顔で言った。

「途中で追いはぎに会って、パスポートを奪《と》られた」

「ええッ」

ひとみが悲鳴をあげた。

「まずいな、それは……」

相原の表情がこわばった。

「パスポートをなくしたら、再発行《さいはっこう》までに二、三週間かかるわよ。帰国のためならすぐ出してもらえるけど、それだったら、よその国へは行けない。日本へ帰るしかないわ」

ひかるが言った。

一瞬《いっしゅん》、みんなの表情が固くなった。

「どじなんだから……パスポートをホテルに置いておくのは、常識《じょうしき》でしょう？」

ひとみの一言一言が、針《はり》のように胸に突き刺さる。

「わるい。おれはここに残るから、みんなは旅をつづけてくれ」

英治は、恥《は》ずかしさと自己嫌悪《じこけんお》で、全身から汗《あせ》が噴き出てきた。

「菊地君を残してなんか行けないよ。旅は中止しよう」

純子が言った。

「それはやめてくれ。そんなことされたら、おれは一生、みんなに合わせる顔がない」

英治は、この場に手をついて、みんなにあやまりたい心境だった。

「最初からこんなにケチがついたんなら、私たちだけで行ったって面白くない」

「ひとみ、そんなにいじめたらかわいそうだよ」

純子が、とりなすように言った。

「ちょっと待ってて。私、電話してみる」

久美子は、そう言い残して、どこかへ行ってしまった。

「とにかく、起きてしまったことはしようがない。明日からの旅をつづけるか中止するかは、みんなで相談しよう」

相原は、冷静さを取りもどしていた。

「旅行はつづけてくれ。頼《たの》む、このとおりだ」

英治は手を合わせた。

「旅は中止しないほうがいい。そのほうが、菊地のためだ」

安永が、はっきりとした口調で言った。

「そうしてくれ」

英治は、安永の一言で気持ちが少しらくになった。

「でも……」

純子がためらっていると、

「これは、菊地君の完全なミスだから、自分で責任を取るべきよ」

ひとみは、まったく引かない。

「ミスはだれだってやるもんだ。あんまり追及《ついきゅう》しないほうがいいと思うな」

中尾が穏《おだ》やかな声で言うと、ひとみも黙ってしまった。

6

英治が部屋にもどると、相原と安永がつづいて入ってきた。

「あんまり落ちこむな。これも、いい経験だと思えばいいじゃんか」

安永が言うと、ほのぼのと温かくて、なんだか気持ちが安らいでくる。

「菊地を一人にしたのは、おれたちにも責任がある。あれは不可抗力《ふかこうりょく》の事故《じこ》だ。おれでもきっとやられたろう」

相原が言った。こいつは、いつもさりげなく慰《なぐさ》めてくれる。

「金を奪《と》られても、パスポートを持っていなけりゃ、被害《ひがい》は大したことなかったんだ。パスポートを持っていたのが、致命的《ちめいてき》だった」

英治は、また悔しさがこみ上げてきた。

「おれもパスポート持ってたぜ」

安永が言った。

「今夜のことは、おそらく一生忘れないと思う。みんなでいい旅をして、その結果を話してくれよ」

英治は、一人で日本へ帰ることを覚悟《かくご》した。

「さびしいこと言うなよ」

安永が言ったとき、電話が鳴った。

相原が、受話器を取って耳にあてた。

「ここに安永もいるから、来てくれないか?」

相原は受話器を置くと、

「久美子からだ。何の用かな……」

と首をかしげた。

それから数分して、久美子がやってきた。

「パスポート、見つかるかもしれないよ」

久美子は、入り口で突っ立ったまま言った。

「どういうことだ?」

安永が言った。

「飛行機の中で会った内山さん。困ったことがあったら、電話しろと言われたのを思い出して、電話したのよ」

「彼、どこにいるんだ?」

安永が聞いた。

「ここからそんなに遠くない、安宿にいるみたい」

久美子がいった。

「内山さんが見つけてくれるのか?」

相原が聞いた。

「旅行者からパスポートを盗《ぬす》むやつって、わかってるんだって。そいつたちは、元締《もとじ》めのところに、かっぱらったパスポートを売りにいくから、それまでに取りもどせばいいって」

目の前に降りていた暗幕《あんまく》が、するすると上がっていく。

英治は、そんな気持ちだった。

「よかったな。久美子、上出来だ」

安永が久美子をほめた。

「ありがとう」

英治は、感動で胸がつまった。

「百パーセント取りもどせるとは言えないけど、あとは運を天にまかせるんだね」

久美子が、さばさばした口調で言った。

「菊地は運が強いから、きっともどる。これで今夜は眠《ねむ》れるぞ。みんなにこのことを言おう」

安永は立ち上がると、

「行こう」

と久美子に言って、部屋から出ていった。

「ついてるぜ」

相原が英治の背中《せなか》をたたいた。声がはずんでいる。

さりげない顔をしていたが、心の中では困りはてていたにちがいない。

「ほっとしたぜ。実のところ、どうしていいかわからなかった。人間、あきらめちゃいけないな」

「悪いことしちゃった」

「それはもう言うな。トラブルが起きるのが旅だ」

相原は、いつもの声にもどっていた。

その夜、英治はなかなか寝つけなかったが、寝たと思うと夢を見た。

みんながいなくなり、英治は一人ぼっち。どうしていいかわからないので、日本へ帰ろうかと、困りはてている夢だった。

まるで本当のことみたいな夢だ。思わず隣のベッドを見ると、相原のやすらかな寝顔が見えた。

何度も夢を見たので、朝はまだ明けないうちに目が覚めてしまった。

窓から下を見おろすと、昨夜は見えなかったが、赤茶けた屋根と、いまにも崩《くず》れてしまいそうな家が、ビルの谷間にへばりついているようにあった。

街の通りを歩いている人の姿があった。働きに行くのか、それとも散歩しているのかわからない。

しかし、この風景を眺《なが》めていると、日本から遠くへ来たなと思えてくる。

そして、パスポートのことが、突然よみがえってきた。

もし見つからなかったら、日本大使館へ行かなくてはならない。

そして、英治だけ帰国。

はるばるシンガポールまでやってきたのに、なんでこんなに運が悪いんだ。

「もう起きたのか？」

背中で相原の声がした。

「うん」

「昨日はよく眠ってなかったろう？」

「そんなことはない」

「何度も寝返りうってたぞ」

「夢は何度も見た」

相原は眠っていたとばかり思っていたが、そうではなかったのか。

電話が鳴った。相原がすばやく受話器を取った。

「久美子から電話だ。ロビーに降りてこいってさ。おれも行く」

二人は慌《あわ》てて服を着ると、エレベーターでロビーに降りた。

そこには、飛行機で一緒だった内山がいた。

「おはようございます」

英治が頭を下げると、内山はポケットから赤いパスポートを無雑作《むぞうさ》に取り出して、

「君のパスポートだ」

と英治に手渡した。

英治は、すぐには言葉も出ず、無意識にページをめくってから、

「これ、どうやって取りもどせたんですか？」

と聞いた。

「仲間に頼んだんだ」

「ありがとうございます。助かりました」

英治は、あらためてパスポートを押しいただくようにして、頭を下げた。

「これ、取りもどすのにお金がかかったんでしょう？　それ、ぼくらに出させてください」

相原が言った。

「金はかかっていない。おれの友だちのだと言って、取りもどしたんだ」

久美子がやってきて、

「ありがとうございました。もう、だめかと思ってました」

と頭を下げた。

「昨夜のうちに手を打ったからよかった。今日だったら、もう間に合わなかった。君はついてたんだ」

内山は、淡々《たんたん》としている。

「でも、内山さん、大したカオなんですね」

相原が言った。

「カオというより友だちなんだ。こんな連中は、アジアの各地にいる。おたがいに、助けたり助けられたりさ」

「運がよかったな、内山さんがいて。こいつ、今日は日本に帰る覚悟だったんです」

相原は、内山に言った。

「彼女が、おれを思い出さなかったらだめだった。彼女にお礼を言えよ」

内山に言われて、英治は久美子に向かって、

「ありがとう」

と頭を下げた。

「内山さんに連絡はしたけど、本当のことを言うと、パスポートがもどってくるとは思わなかった」

久美子が言った。

「こういうのを、地獄《じごく》に仏《ほとけ》というんだ」

相原が言った。

「ほとけさまか。おれがそんなふうに見えるか？」

内山が聞いた。

「本当は、南洋こじきに見えた」

久美子が言うと、内山は大笑いしながら、

「腹《はら》がへった。近くにうまいおかゆを食べさせる店があるから、行かないか？」

と言った。

「行きましょう。ぼくがおごります」

英治は、知らずに声がはずんだ。

天にも上るというのは、こういう気持ちを言うのだろうか？

「みんなを起こしてくる」

久美子は、エレベーターに飛びこんだ。

五分ほどすると、エレベーターからみんながどっと出てきた。

「菊地、よかったな！」

みんなが口々に言った。

「内山さんのおかげよ。お礼を言って」

久美子が言うと、みんながいっせいに、

「ありがとうございます」

と頭を下げた。

「おれ、人に頭を下げたことはあるけど、頭を下げられたことははじめてだ。頭が変になりそうだから、やめてくれよ」

てれる内山のあとについて、みんなぞろぞろとホテルを出た。

Ⅳ 虐《ぎゃく》殺《さつ》の村

Hikaru Shiroyama

1

「腹《はら》もふくれたし、いい気分だな。さあ、出かけるか？」

英治《えいじ》は空を見上げて言った。

南に来ると、空の青さが違《ちが》う。それに体を包む空気も暖《あたた》かく、やわらかくて快《こころよ》い。

「菊地《きくち》、いい気分だろう？」

日比野《ひびの》が言った。

「うん」

ひとみがそばにやって来て、

「昨日は言い過ぎて、ごめん」

と言った。ごめんと言うほど悪いことをしたという表情ではない。

「あれはひどかった。菊地、こういうのを嫁《よめ》さんにもらったら、一生の悲劇《ひげき》だぞ」

日比野の二の腕《うで》を、ひとみがつねりあげた。

「私《わたし》がああでも言わないと、みんなに申しわけないと思ったからよ。これでも、気をつかってるんだから」

「わかってるって」

英治は、昨日のことなんて、いまはどうでもよかった。

「最初にどこへ行く？」

天野《あまの》が相原《あいはら》に聞いた。

「まず、チャンギへ行こう」

「チャンギって、空港のあるところだろう？」

天野が聞いた。

「戦争当時は、刑務所《けいむしょ》しかない辺鄙《へんぴ》なところだったらしい。だから日本軍は、その海岸で華僑《かきょう》を殺せば、人の目にもふれず、海に捨《す》てられた死体は、さめの餌食《えじき》になって、痕跡《こんせき》は残らないと考えたらしい。この華僑虐殺《ぎゃくさつ》については、証言《しょうげん》もいくつもある」

華僑粛清《しゅくせい》に巻《ま》きこまれ、無事に生き残った許続沢（シュイ・トオンゼオ）さんの体験談によると、
集合を命じられた日、当時十三歳《さい》のシュイさんは、父親と一緒《いっしょ》にサウス・ブリッジ・ロードのほうへ行った。

恐怖心《きょうふしん》におののくシュイさんは、父親に、

「どうしよう？」

と聞いたが、父親の返事は、

「どうしようもない。逃げるところもないし、行かないと家で殺されちゃうよ」

というものであった。

現場は有刺鉄線《ゆうしてっせん》に囲まれ、入り口のところに日本兵が立っており、別の日本兵が、そこへ人々を牛や羊みたいに追いこんでいた。

食べものや飲みものもなく、持っていったビスケットだけで、水はそこの住民から分けてもらい、三日間もその通路ですごしていた。

検証はその翌日《よくじつ》からはじまった。みんなしゃがんだまま、移動もその形でした。日本兵はとても凶暴《きょうぼう》で、きちんとしゃがまないと、すぐなぐられた。

検証の目的はよくわからなかった。

とうとう自分たちの番になったとき、父親は、

「日本軍におじぎしなさい」

と命じた。父親自身も、日本軍の前に一生懸命《けんめい》笑顔をつくった。

それが日本軍に対して好感を抱《いだ》かせたのか、自分の服の上に『検』という判を押《お》され、自宅《じたく》に帰ることを許《ゆる》された。

検証現場は、サウス・ブリッジ・ロードとクロス・ストリートの交差点で、検挙された人は、サウス・ブリッジ・ロードのほうへつれていかれたので、サウス・ブリッジ・ロードは『死の

道』と呼ばれた。

約三十年間、首相をつとめたリー・クアンユー氏も、危《あや》うくトラックに乗るところだった。もしトラックに乗っていたら、二度と帰ることはなかったと証言している。

虐殺を体験し、運よく生き残った生存者による戦争裁判《さいばん》での生々しい証言が、シンガポール日本人学校の中学部が編《へん》さんした『資料集シンガポール』にある。

その中から、「日本人が見た華僑虐殺」の部分を引用する。


「どこへつれて行かれましたか」

「Tanah Merah Changiです」

「どのくらいですか」

「私の記憶《きおく》ではトラック二〇台です。一台に二〇人から二五人、したがって四〇〇人から五〇〇人くらいだと思います」

「私たちはトラックから降《お》ろされ、軍人が電線を取り出し、八人か一二人の群《む》れで縛《しば》られました」

「私たちは海の方へ歩くよう命令されました」

「日本人が後ろから機関銃《きかんじゅう》で撃《う》ちはじめました」

「もっと詳《くわ》しく述《の》べてください」

「私たちのグループは一人か二人が撃たれたと思います。彼《かれ》らが倒《たお》れ、その重みで私も倒れました」

「機関銃で撃ったあと、どうしましたか？」

「何人かの軍人が私たちに近づき、致命傷《ちめいしょう》を負っていない者を、おそらく銃剣《じゅうけん》で突《つ》き刺《さ》しました」

「あなたも突かれたのですか」

「いいえ、私の顔は血でおおわれていたので、私が死んだと思ったのでしょう」

「あなたの見た海岸の様子を話してください」

「死体があちこちに散らばり、まるでマーケットの屋台の上の魚のようでした。何人かが呻《うめ》いたり、泣き叫《さけ》んでいました。何人かは罵《ののし》っていました。まるでこの世の地獄《じごく》でした」

日本降伏《こうふく》五十周年の一九九五年、シンガポール政府は、華僑たちが検挙された、クロス・ストリートとサウス・ブリッジ・ロードの交差点のところに、記念碑《ひ》を建てた。

記念碑には、こんな言葉がマレー語、中国語、インド語、日本語で刻《きざ》まれている。

「ここは憲兵隊《けんぺいたい》がいわゆる『華僑抗日分子《こうにちぶんし》』の選別を行なった臨時《りんじ》の検問場《けんもんじょう》の一つである。一九四二年二月十八日、憲兵隊による『大検証』が始まった。一八歳から五〇歳までの華人男性は、取り調べと身元検証のため、これらの臨時検問場に出頭するよう命じられた。幸運な者は顔や腕、あるいは衣類に『検』の文字を押印《おういん》されたのち解放されたが、不運な人々はシンガポールの辺鄙《へんぴ》な場所に連行され処刑《しょけい》された。犠牲者《ぎせいしゃ》は数万人と推定《すいてい》される」

「サウス・ブリッジ・ロードといえば、スリ・マリアマン寺院のある通りじゃないか。クロス・ストリートの交差点なら通ったけれど、記念碑には気づかなかったな」

英治は、思い出そうとしたが、どうしても思い出せなかった。

チャイナタウンを訪《おとず》れる日本人観光客は多いだろうが、この記念碑に気づく人は、ほとんどいないのではないか。英治はそう思った。

「それじゃ、地下鉄のオートラムパーク駅で乗って、シティ・ホールで乗り換《のか》えて、パカ・レバル駅で降りれば、イースト・コースト・パークだ」

中尾が地図を見ながら言った。

シンガポールの地下鉄MRTの駅は無人で、ホームはガラスのスクリーンで仕切られており、電車が入ってくると同時に開く仕組みである。

「駅は、すりが多いそうだから気をつけなよ」

ひとみが、英治の顔を見てにやっと笑った。

「パスポートはホテルに預けてきたから、大丈夫《だいじょうぶ》だ」

パカ・レバルの駅を降りてしばらく歩くと、イースト・コースト・パークウェイに出る。空港から市内まで来るときに走った道路である。

道路を越《こ》すとイースト・コーストで、白い砂浜《すなはま》と海がひろがっている。はるか沖合いに大型タンカーが見える。

チャンギの海岸は、ここよりずっと東だが、海岸は同じに違いない。

今から五十数年前、大量の虐殺があったとは、想像もつかない穏《おだ》やかな海である。

ここは、約八・五キロの海岸線につくられたレジャーパークで、欧米人《おうべいじん》の姿《すがた》が目立つ。

目の前のシンガポール海峡《かいきょう》の向こうには、いくつもの島があるが、そこはもうインドネシア領《りょう》である。

樹蔭《こかげ》に寝《ね》そべって、ぼんやりと海を眺《なが》めていると気持ちのいい風が吹《ふ》いているので、昨日ほとんど眠《ねむ》っていなかった英治は、知らずにまぶたが垂《た》れてきた。

2

イースト・コースト・パークでしばらく時間をすごした一行は、ふたたび地下鉄に乗ってシティ・ホールで降りた。

ここから戦争記念公園はすぐ近くである。

十時をまわったせいか、さすがに暑くなってきた。

公園の近くまで来ると、白い塔《とう》が高くそびえ立っている。

この塔が、ルさんの言った『血債《けっさい》の塔』である。

塔の高さは六十八メートル。天をつく四本の白い柱が、組み合わされてできている。

四本の柱は、シンガポールの四大民族である中国系《けい》、マレー系、インド系、ユーラシアン系の犠牲者と、その民族文化や宗教を象徴《しょうちょう》している。

この塔ができたのは一九六七年二月十五日で、その落成式の日、リー首相は次のようなあいさつをした。

『この記念碑は、一種の沈痛《ちんつう》な体験の目じるしです。今日、われわれの苦痛《くつう》は一応おさまっていますが、以前の苦痛を回想し、まじめに歴史から教訓を汲《く》み取ることによって、われわれの将来《しょうらい》は、いっそう強固なものになるでしょう。そうすることによってこそ、犠牲となった同胞《どうほう》の死も無駄《むだ》にならないはずです』

シンガポールを訪れる観光客は、道路をはさんだところにあるラッフルズ・ホテルは知っているが、この塔は訪問しない。まして、その由来を知っている人はほとんどいない。

『血債の塔』に花を捧《ささ》げたあと、バスでセントーサ島に向かった。

ワールド・トレード・センターまでバスで行き、そこからフェリーで島に渡《わた》った。

ここは、島全体がレジャー・アイランドで、自然の楽しさを知るネイチャー・ワールド、シンガポールの歴史を語るヒストリー・ワールド、南国の陽光あふれるサン・ワールド、そしてファン・ワールドの四つのテーマ・パークともいえる。

モノレールとバスで島を巡《めぐ》るコースがあるが、自転車を借りてサイクリングすることにした。セントーサ島の地図を見ると、ルさんが教えてくれたシンガポール・イメージ館は、ケーブルカー・ステーションの近くにあった。

そこへ行くまでに、ファンタジー・アイランド、海洋博物館、オーキッド・ランド、ヴォルケーノ・ランド、蝶《ちょう》の園／昆虫博物館などがある。

みんな、それぞれ行きたいところに行って、二時間後に、ケーブルカー・ステーションで待ち合わせることにした。

「シンガポールに来たんだから、私はオーキッドが見たい」

ひとみが言った。

オーキッド（蘭《らん》）は、シンガポールの国花である。

「おれは、島で一番人気の海底水族館が見たい」

柿沼が言うと、ひとみが、

「私も見たい」

と言った。

「方角が反対だよ。といったって大した距離《きょり》じゃない」

柿沼が言った。

「じゃ、オーキッド見てから、そこに行ったらいいじゃない？」

「じゃ、そうするか。菊地も来いよ」

柿沼に誘《さそ》われると、いやとも言えないので、

「いいよ」

と言ってしまった。

二時間後、みんな思い思いのテーマ館に行き、食事もすませて、ケーブルカー・ステーションに集まった。

シンガポールには、日本の侵略《しんりゃく》にかかわる展示場が何カ所もある。

本土には、国立博物館、晩晴園（孫文《そんぶん》記念館）、チャンギ・プリズン博物館があり、セントーサ島にはシロソの要塞《ようさい》と、このシンガポール・イメージ館に『降伏《こうふく》の間《ま》』（通称《つうしょう》戦争記念館）がある。

『降伏の間』は、入り口の左側に「THE WAR YEARS 1942—45」と英語で書かれたパネルがある。

最初のコーナーは、写真と地図で、一九二〇年代から四〇年代、日本軍がマレー半島に上陸する前のシンガポールの紹介《しょうかい》である。

次は、真珠湾奇襲《しんじゅわんきしゅう》、日本軍部隊のマレー半島への上陸。

コタバル上陸後、日本軍の銀輪《ぎんりん》部隊は、破竹《はちく》の勢《いきお》いで、ペナン島から首都のクアラルンプール

を南下、英国軍を追撃《ついげき》し、一月三十一日、ジョホール・バルに到達《とうたつ》した。

そしてジョホール海峡のコーズウェイは爆破《ばくは》され、日本軍はシンガポール攻略《こうりゃく》にかかる――。

突然《とつぜん》、強いスポットライトの下に、熱帯雨林で戦っているイギリス兵と日本兵のロウ人形がとびこんでくる。

ロウ人形の次は、「シンガポール攻防戦《こうぼうせん》」のパネル。

このコーナーの照明はいちばん明るく、つづいて「マレーの虎《とら》」山下奉文《やましたともゆき》中将の前で、「イエスかノーか」と降伏をせまられる、パーシバル中将らのロウ人形が展示されている。

その次は、「日本占領《せんりょう》時期」のコーナー。

「日本語」のパネルには、教科書や終了証明書、「学べ！　日本語」という、絵を見て字を覚える教材などがある。

「教育」のほうには、「天長節《てんちょうせつ》の歌」「大南方軍の歌」などの歌詞と、昭南《しょうなん》軍政監部《せいかんぶ》文教科出版の「日亜ノ道」という歌集がある。

日本の侵略の経緯《けいい》と軍政を紹介した、イギリス軍側の『降伏の間』がある二階から降りて一階にもどると、今度は立場がかわって、日本軍側の『降伏の間』となる。

このコーナーには、原爆《げんばく》投下で廃墟《はいきょ》となった広島市街の大きな写真。

一九四五年八月十五日に放送された、天皇による終戦の詔書《しょうしょ》のコピーも展示されている。

その次は、ふたたびロウ人形による降伏の儀式《ぎしき》。

今度は立場が逆転して、左側に勝者の連合国軍のマウントバッテン卿《きょう》ら、右側に降伏文書にサインをしている板垣征四郎《いたがきせいしろう》大将らの姿がある。

高校では、シンガポールでの戦いのことは素通りしただけなので、こうしたロウ人形の展示を見ると、この戦いの実態《じったい》が生々しく迫《せま》ってくる。

「これからは、自由行動にしよう」

シンガポール・イメージ館を出ると、相原が言った。

「おれ、動物園に行きたい」

日比野が言った。

「私は、ジュロン・バード・パークに行って、鳥を見たい」

純子が言った。

「おれは、ワニが見たいね」

安永が言った。

「私は、オーチャード・ロードを歩きたい」

ひとみが言った。

「ショッピングか？」

英治が、ひやかした。

「ウインドウ・ショッピングだけよ。菊地君、どこへ行くの？」

「おれは日本人墓地へ行って、『からゆき』さんの墓《はか》を見ようと思う」

この墓地は、百年前につくられたものだが、いまは、アジア・太平洋戦争で死んだ、約一万程《ほど》の軍人、軍属、作業隊員の慰霊碑《いれいひ》があるそうだ。

「一人で行って、またトラブル起こさないでよ」

またひとみがにくまれ口をきいたが、英治は無視《むし》することにした。

3

三月七日
シンガポールからマレーへ行くには、ジョホール水道にかかった、全長千五十メートルのコーズウェイを渡ればいい。

ジョホール・バルとシンガポールの間は、たくさんの人々が往《ゆ》き来《き》している。

バスで行くには、コーズウェイの手前で出国審査《しんさ》、渡り終わると入国審査のために、二回下車しなければならない。

入国審査は簡単《かんたん》である。バスは、メルリン・タワーのバスターミナルに着いた。

そこで、マレーシア各地へ行く長距離バスのチケットを買わなければならない。

「虐殺《ぎゃくさつ》の村へ行く前に、マラッカに寄らないか？」

柿沼が言った。

「行きたい。マラッカはマレーシア最古の街でしょう。古い遺跡《いせき》を見たい」

ひとみは意欲的《いよくてき》である。

マラッカは、十四世紀の末頃、スマトラ島出身の王族がマラッカ（ムラカ）に定住し、王国を築いたのが、歴史のはじまりである。

マラッカ（ムラカ）王国の領土は、マレー半島南部と、スマトラ島中部の海岸地域にまで及《およ》んでいた。

マラッカ王国が繁栄《はんえい》したのは、東西貿易の主要航路だったマラッカ海峡に面していたからで、十六世紀になると、アジア侵略《しんりゃく》を狙《ねら》っていたポルトガルに占領される。

つづいて、オランダ、イギリスが乗り出してきた。

「さすが中尾君。歴史にくわしいね」

ひとみが感心した。

「東南アジアってのは、タイを除《のぞ》いて、みんなヨーロッパの植民地だったんだ。シンガポール、マレーシアはイギリス。ベトナムはフランス。一九九七年、香港《ホンコン》が中国に返還《へんかん》されたことは、ヨーロッパ帝国主義《ていこくしゅぎ》の終わりを告げる、重要な意味を持つ出来事だったと思う」

相原も国際ジャーナリストを目ざすだけに、鋭《するど》いことを言う。

「中国はどうなるんだ？」

英治が聞いた。

「二十一世紀の早い時期に、世界最大の経済《けいざい》国家になるという意見と、同時に、単一国家崩壊《ほうかい》の危機《きき》もはらんでいると予測している研究所もある」

「日本はどうなるの？」

久美子が言った。

「そんなこと、おれたちにわかるわけないだろう。ただ言えることは、アジア抜きでは生きていけないということだ」

相原もそれ以上は言わない。

ジョホール・バルでは、スルタンの王宮を見て、それからマラッカ行きの長距離バスに乗った。

マレーシアは道路交通が発達しているので、ハイウェイはよく整備され、料金も安い。

マラッカまでは、熱帯の風景に見とれたり、おしゃべりをしている間に着いてしまった。

マラッカの市街地は、曲がりくねったマラッカ川の両側に広がっているので、街並みも複雑《ふくざつ》に入り組んでいる。

ここは、シンガポールより陽射《ひざ》しが強い気がする。

セント・ジョーンズの丘に、ポルトガル統治《とうち》時代の砦《とりで》の跡《あと》があるというので、行くことにする。

風化した石の階段を上って、丘の上に出た。

ここからは、マラッカの街、マラッカ海峡を一望できた。

丘を降りてマラッカ川に出る。

赤色の建物『スタダイス』がある。一六六〇年頃に建てられた、東南アジア最古のオランダの建築物である。

「なんだかヨーロッパを思い出させるわね」

ひかるが言った。

橋を渡ると、一変して中国系の街になり、看板《かんばん》はほとんど漢字で書かれてある。

マラッカを見るだけでも一日では不足なくらいだが、時間がないので、川沿《ぞ》いにあるバス・ステーションにもどった。

ここで、ふたたび長距離バスに乗る。

「今度の行き先はパリッティンギだ。バスはクアラピラで降りる」

相原が言った。

パリッティンギは、マレー半島における華僑《かきょう》大虐殺の行われたところで、マラッカとクアラルンプールの中ほどにある。

バスが走りだすと、道の両側に緑が広がる。赤土。ヤシの林がある。

このヤシは、ヤシ油の原料を取るオイル・パームである。ゴム園が見える。

「この景色はいいなあ。のんびりしていて。日本のことなんか忘《わす》れてしまいそうだ。こういうところで住んでみたい」

谷本《たにもと》が言ったのがおかしかった。

二時間ほどバスで走って、降りると、中年の男が立っていた。

「私が楊振華（ヤン・ジェンホア）です」

と親しみのある笑顔で言った。

「よろしくおねがいします」

ひかるが英語で言うと、

「あなた方のことはルさんから聞きました。今から案内します。かなり歩きますがいいですか？」

とヤンさんが言った。

先に立つヤンさんのあとについて、炎天下《えんてんか》をしばらく行くと、密林《みつりん》のようなゴム園があり、そこを抜《ぬ》けると野原に出た。

太陽が痛《いた》いほど照りつけ、空には青い雲が浮《う》いている。

「ここです。ここが大人四百二十六人、子ども二百四十九人、合計六百七十五人が虐殺された場所です」

この場所は、中国語だと『港尾《カンウェイ》』、マレーシア語だとパリッティンギとなる。

目の前にアスファルト道路が真《ま》っ直《す》ぐ伸《の》びており、その先にマレー半島を縦断《じゅうだん》する山脈の尾部にあたる高い山がある。

日本の占領期間中、平野部は日本軍が支配していたが、この長い山脈と密林は、共産ゲリラや抗日分子の天下であった。

山脈の近くで、ゴム園、バナナ園、養鶏《ようけい》、農業に従事《じゅうじ》するカンウェイの住民は、当然、日本軍と戦うゲリラを支援《しえん》していた。

ゲリラは、村にもぐりこんで、日本軍に関する情報を収集していた。

日本軍の襲撃《しゅうげき》は、それへの報復《ほうふく》だった。

ヤシの木や熱帯樹林の上に照りつける太陽、青々とした野原の中に点在する民家は静まりかえって、半世紀前に、数百人もの人たちが虐殺され、この村が地獄と化したことは想像もできない。

一九四二年三月十六日朝のことだった。

日本軍は、村人たちを空地につれ出し、一列に並べと命令した。

彼らはみな、歩兵銃に銃剣を装着《そうちゃく》していた。また商店街の入り口には、機関銃を設置してあった。

日本軍は、並んでいる村人の列から七、八人あるいは十数人ずつ引き抜き、店のうしろのヤシの木や果樹園の中、窪地《くぼち》などにつれていって、次々に刺し殺した。

「私は家族と一緒に、村人の列の中にいました。村人が連行された様子をずっと見ていたところ、彼らがつれていかれた先から、すさまじい悲鳴が聞こえてきたのです。とくに女性たちの泣き声、わめき声がすごかった。また『くやしい！』『罪《つみ》がないのになぜ殺すのか！』といった、悲痛《ひつう》な叫びも聞こえてきました」

ヤンさんは、当時九歳だったが、なんとか当時の惨劇《さんげき》を再現《さいげん》しようと努力している様《さま》が手にとるようにわかった。

子どものヤンさんにも、とうとう自分の番がまわってきた。

「母と妹たちは別のグループでしたが、私は祖父《そふ》、父、おじのほか、数名の村人と一緒につれていかれました。

『しゃがめ』と言われたので、土下座《どげざ》のかっこうをしました。すると日本軍は、いきなり私たちの背後《はいご》から、銃剣で刺しはじめたのです。父はもちろん、私も何カ所か刺されました。

三カ所は胸《むね》を貫通《かんつう》して、たまたま左手の薬指が本能的に大事な心臓《しんぞう》を守ろうとしたので、その指が半分切り落とされたのです。

一回目はとても痛かったけれど、二回目以降はほとんど痛みを感じませんでした。血が流れ出し、折り重った死体の山の中で、私は意識を失いました」

ヤンさんの淡々《たんたん》としゃべる言葉に圧倒《あっとう》されて、みんな言葉もなかった。

翌朝《よくあさ》、意識を回復したヤンさんは、隣《となり》に横たわっている父に、一緒に逃げようと言ったが返事がない。

父はそのとき、すでに死んでいたのだ。

父の死を確認《かくにん》したとき、ヤンさんは無意識で叫び声をあげたらしい。

その叫び声を聞いて、一人の子どもが、死体の山の中からはい出してきた。

子ども二人だけが、生き残っていたのだ。二人は一緒に商店街にもどろうとしたが、そこにはまだ日本軍がおり、家々に火をつけていた。

ヤンさんともう一人の子どもは、ふたたび父たちの死体のそばにもどり、そこに横たわって一夜を明かした。

血を吸《す》った黄褐色《おうかっしょく》の大アリが傷口《きずぐち》にはい上がってきて、がまんできないほど痛かった。

父やみんなの死体の上にも、大アリがむらがり、うごめきながら血を吸っていた。

その翌日、太陽が西に傾《かたむ》いたころ、二人はふたたび商店街のほうへ歩いていった。見ると、家はすべて焼き尽《つ》くされていた。

住む家がないので、バナナ園に隠《かく》れていた。そこで中国人に助けられ、薬草で治療《ちりょう》してくれ、二カ月以上かかって、やっと傷は治った。

「私の家族は二十六人いましたが、全員日本軍に殺されて、私はひとりぼっちになってしまいました。私がいま日本政府に要求したいのは、合理的な賠償《ばいしょう》です」

ヤンさんの言葉に、だれも言葉もなく、うなずくしかなかった。

それほどの迫力《はくりょく》があった。

「記念碑が高台にあるから、行ってみましょう」

ヤンさんに言われて、一行は高台に登った。

そこには『港尾村荘蒙難華族同胞記碑』とあり、碑は虐殺四十周年の一九八二年三月十五日に建てられたものだった。

同胞記念碑の碑文には、「一九四二年三月十六日　日本軍支配時期、港尾村の中国系同胞の犠牲者男女老幼計六百七十五名」と刻《きざ》まれている。

熱い太陽がじりじりと照りつけて、汗が噴《ふ》き出てきた。

4

「ヤンさんの話は重かったな」

バスが走りだすと、相原が言った。

「シンガポールでもそうだけれど、日本軍って、どうしてこんなひどいことをしたんだ？　おれには、はじめての話ばっかりだっただけに、ショックは大きいぜ」

英治は、大きい塊《かたまり》が胃の中にあって、消化しない不快感を覚えた。

「おれたちに、何も教えなかった大人って、いったい何を考えていたんだ。それだけじゃない。悪いことをしたとあやまるのは、自虐史観《じぎゃくしかん》だと言ってるぜ。こんなの人間と思えないよ」

「ヤンさんだってそうだけど、あれだけのことをやられて、忘れろって言えるか？　それともうそだって言うのか？　おれはそいつたちに聞いてみてえよ」

安永が言った。

「こんなひどいことは、できればなかったと思いたい。しかし、現実にあるんだから、それをこの目ではっきり確《たし》かめ、認識《にんしき》するしかない。やっぱり見て、話を聞いてよかった。こういう旅を企画した相原に、おれは敬意《けいい》を表する」

中尾が言った。

「中尾にそう言ってもらえると嬉《うれ》しい。日本人って、アジアと仲良くしようと言いながら、内心ではなめている。おれたちのほうが金持ちで、近代化してるって」

相原が言った。

「明治維新《めいじいしん》からだ。日本が西欧《せいおう》のほうばかり見て、アジアを無視《むし》しはじめたのは」

「いまになってアジアの時代だと言いながら、アジアで犯《おか》した自分たちの罪はなかったことにしようとしている。こんなことで、アジアの人たちと仲良くできるか？」

「菊地の言うとおりだ。ヤンさんのところで時間をとられてしまったから、クアラルンプールに着くのは、夜になってしまうだろう」

「今夜はホテルに着いたら、屋台でサティでも食うか？」

日比野が言った。

「サティって、日本の焼き鳥でしょう？」

久美子が言った。

「私は、ワンタン・メンを食べてみる。参考のために」

「純子って、商売熱心ね。シンガポールでも、味見ばかりしてたじゃない」

「本場の味を、この舌で記憶《きおく》したいのよ」

「この熱心さじゃ、『来々軒《らいらいけん》』は大きくなるぜ。だれか、養子に行けよ」

柿沼が言った。

「おまえ行けよ。医者よりラーメン屋のほうが合ってるかもよ」

安永が言うと、みんなが手をたたいた。

柿沼だけがくさっている。

「しかし、ヤンさんが生きてるように、やった日本軍人も生きてる人がいると思うんだ。その人たちがみんな口を拭《ぬぐ》って知らんふりしてる。それで良心が痛まないとしたら、おれ、日本人であることが恥ずかしい」

いつもふざけている天野が、こんなことを言い出すのは珍《めずら》しい。きっとヤンさんの言葉に、衝《しょう》撃《げき》を覚えたからに違いない。

英治は、みんなが思い思い話していることを聞きながら、次第に眠気《ねむけ》におそわれてきた。

みんなまじめな話をしているのだから、眠ってはいけないと思いながら、ついまぶたが重くなってくる。

突然、腕をつねられて目があいた。

隣にひかるがいた。

「眠っちゃだめ」

「眠っちゃいねえよ」

英治は、頭をふった。

「じゃあ、私と久美子が話してたこと言ってみなよ」

「それは、だな……」

「言えないでしょう」

英治は笑いでごまかした。

「何か用か？」

「用はなんにもない。寝てると面白《おもしろ》くないから起こしたの」

ひかるは、いたずらっぽい目で笑った。

「こいつ」

「ねえ、このごろ、ひとみとうまくいってる？」

ひかるが小声で聞いた。

「まあな」

「まあなってことは、よくも悪くもないってこと？」

「そういうことかな」

「それはまずいよ。このままいったら、二人の関係は自然消滅《しょうめつ》しちゃうよ」

「いい友だちになれるだろうって、ひとみが言ったぜ」

「そんなこと言わしちゃ、だめだよ」

「どうしたらいいと思う？」

英治が聞いた。

「今度の旅が終わるまでに、なんとかすることね」

「なんとかって、何をするんだ？」

「彼女にショックをあたえる事件を起こすのよ」

「パスポートを失くすくらいじゃだめか？」

「あれはだめ。マイナスよ」

ひかるは笑い出した。

「彼女が現地のだれかに襲《おそ》われたとき、助けるってのはどうだ？」

「それはマンガ。そこで助けに行って、逆に相手にやられてしまったら、どうする？」

「そうか、それは大いにあり得るな」

「菊地君、アイディアマンでしょう。何か、彼女をぐっと引きつけるアイディア考えなよ」

「おれって、すぐふざけちゃうからだめなんだ」

「シャイなのよね。そこが菊地君のいいところだけど。そのキャラクターで押し通すしかないか」

「なんだよ。これじゃカウンセリングにならねえじゃんか」

「こういうことは、結局、自分しか頼《たよ》りにならないのよ」

「つまんねえ。眠くなってきた」

英治は、大きいあくびをした。

バスがクアラルンプールの市街に入ると、近代的な高層ビルが林立している。

その間に、モスクが違和感もなくある。まわりはヤシの木で囲まれ、真っ白なドームが夕暮《ゆうぐ》れの中に輝いている。

マレーシアは、複合《ふくごう》民族国家である。

ここにはいろいろな民族がいるが、マレー系が約半数である。

マレー人は例外なくイスラム教徒である。

だからこの国では、どこでもモスクを見ることができる。

ホテルに着くと、さすがに腹がへってきた。

英治、相原、ひかる、安永、日比野、立石の六人は、街に出てサティを探《さが》した。

こういう屋台は、大体裏《うら》通りにある。路地に入ると屋台や露店《ろてん》がぎっしりと並んでおり、人混《ひとご》みで歩くだけでも疲《つか》れる。

「すごいエネルギーだな。おれ、東南アジアのこういうところが好きだ」

安永が言った。

やっとサテイの屋台が目についた。聞いてみると一本十二円くらいだ。

「十本くれ」

日比野が言った。英治はパンミーとサテイ五本を注文した。

パンミーは、日本でいうとラーメンみたいなものだ。きっとどこかで、純子はパンミーを注文しているに違いない。

これが、約八十円。両方で百四十円。

この安さとうまさは満足だ。

いい気分になって、露店をひやかしてホテルにもどった。

ホテルにもどって、シャワーを浴びて出ると電話が鳴った。

矢場《やば》からだった。

「どうだ、旅は面白いか?」

「面白い。ドジもやったけどね」

英治は、パスポートを奪《と》られた話をした。

「それは強運の持ち主だ。ルさんに教えてもらったところは、行ったか?」

「行ったよ。おれたち知らなかったけど、日本軍ってひどいことやってるんだね。それを知っただけでも、この旅をした意味はあったよ」

「明日の予定はどこだ？」

「クアラルンプールの郊外に、バツー・ケーブというヒンズー教の聖地があるんだ。二百七十二段の階段を登りきった洞窟《どうくつ》の中に、ヒンズー寺院があるらしい。まずそこに行く」

「ただ、それを見るためだけにか？」

矢場が聞いた。

「実は、バツー・ケーブ山麓《さんろく》事件というのが日本占領下にあったらしい」

「ルさんに聞いたのか？」

「一九四二年九月一日の夕方。バツー・ケーブの山麓に集結していたマラヤ共主党の幹部が、日本軍に襲撃されて、二十九名が射殺され、十五名が逮捕《たいほ》されたんだって。なぜ、この場所がわかったか、謎《なぞ》だらけの事件らしい」

「そうか、それなら行ってみる価値はあるな。それからどこへ行くんだ？」

「ペナン島に渡って、ルさんの出た中学に行って、校長先生から話を聞くことになっている。ここでも、四十六名の教師と生徒がいっせい検挙され、殺されたんだって」

「それだけ見れば、いい勉強になるな」

「いままで何も知らなかったことが恥ずかしいよ」

「まったくだ。明日はペナンに泊まるのか？」

「そう」

「ペナンで夕陽を見ろ。あそこの夕陽はすばらしい。その次はバンコクだろう？」

「うん」

「バンコクに行ったら、取材してほしいことがあるんだ」

「何？」

「中部地方にK市という人口二十万ほどの市があるが、そこの議員たちが八名、視察と称してバンコクに出かけた。しかし、その目的は、バンコクでの買春にあることはわかっている。君たちにその実態を調べてほしいんだ」

「戦争中は、さんざん現地の人を殺しておいて、戦争が終わると買春？　それはないよ、そんなの絶対許せない」

英治は、頭に血が上った。

「そうだろう。しかも、やつらは税金を使って行くんだ」

「わかった。ぼくらで現場を押さえる。これは面白くなってきたぞ」

英治は、胸がわくわくしてきた。

矢場の電話が切れると、相原がシャワールームから出てきた。

英治が電話の内容を話すと、

「よし、やろうぜ」

と言った。目が光っている。

5

バッツー・ケーブは、一世紀以上もの間、ヒンズー教の聖地とされてきた。

入り口への二百七十二段の石灰石の階段を登り、さらにその奥《おく》に広がる洞窟へ行く。

そこは高さが百十二メートルもあり、天井を仰《あお》ぐと大きな穴があり、そこから白い雲がただよい、透《す》きとおった青空が見える。

「ファンタジック！」

ひかるが天井を見上げて、感きわまった声を出した。

この洞窟の下には、二キロもつづく大洞窟があり、そこでは、世界中の珍しい動物に会えるということであった。

入り口の左側の近くには、アートギャラリーの洞窟があって、ヒンズー教の伝説にある壁画《へきが》や彫像《ちょうぞう》が展示されている。

「なんだか、異次元の世界にさまよいこんだみたいだな」

天野がつぶやいた。

鉄条網《てつじょうもう》で入り口を封鎖《ふうさ》した洞窟もあった。

ここは、入ったら出られない迷路なのだそうだ。

一九四二年二月十五日にシンガポールが陥落《かんらく》すると、日本軍と戦っている共産党《きょうさんとう》ゲリラも、日本軍の支配の及ばない密林の中で、徐々《じょじょ》に勢力《せいりょく》を回復させた。

マレー半島とシンガポール両方の共産党幹部《かんぶ》は中央大会を開き、今後の闘争方針《とうそうほうしん》を決め、党組織の拡大とその勢力の強化などの課題について、討議《とうぎ》することを決めた。

九月一日、場所は、共産党のクアラルンプール地区の重要な活動拠点《きょてん》である、バツー・ケーブ（黒風洞）山麓であった。

マラヤ共産党の前身は、南洋共産党である。一九三〇年四月三十日に、ネグリセンビラン州のクアラピラで結成され、メンバーは華人が中心だった。

やがて日中戦争がはじまると、それまでイギリス帝国主義をマレー半島から追い出す闘争を進めていた共産党は、方針を抗日闘争に切り替え、マラヤの華僑《かきょう》の中で中国を応援する活動を展開しはじめた。

さらに、日本軍がマラヤで軍政を敷《し》くと、マラヤ人民抗日軍を組織し、抗日武装《ぶそう》闘争をすすめた。

共産党員やゲリラたちは、党の拠点を固く守っていた。

そんなに警戒心の強い共産党の幹部たちが、なぜ重要な拠点である黒風洞の山麓で、日本軍の奇襲により一網打尽《いちもうだじん》にされたか――それは謎である。

のちに出版された、シンガポール憲兵隊本部で、共産党対策を練《ね》っていた元日本憲兵将校、大《おお》西覚著《にしさとる》の『昭南華僑粛清事件』（金剛出版社）によると、大物の二重スパイ、ロイ・タクが書記長の要職を担当《たんとう》しながら、多くの同志を日本側に売ったとある。

その日の戦いで、共産党側は三十分に及ぶ戦闘の末、死者二十九名、逮捕者十五名を出した。

黒風洞は、マレーシア有数の観光名所となったけれど、どのくらいの人が、この黒風洞山麓の流血事件を知っているであろうか。

バツー・ケーブからもどった一行は、バスでペナンに向かった。

クアラルンプールからペナンまでは、バスで約六時間かかる。

いま午前十一時だから、午後五時には着ける。

「すると、夕陽が見えるね」

「ペナンの夕陽っていいの？」

ひかるが言った。

ひとみが聞いた。

「ペナンに行ったら、まずペナン・ヒルに登ろう。この山の標高は八百三十メートルだけれど、ケーブルカーがあるから大丈夫《だいじょうぶ》。この山から見る夕陽は、すばらしいなんて言葉では言いあらわされないほど、感動的よ」

「絶対見るぞ」

ひとみは、うっとりとした目をしている。

「ただし、雲が出ていたらだめ。運を天にまかせるしかないわね」

「大丈夫。私は運の強い女なんだから」

ひとみは、胸をたたいた。

マレーシアのハイウェイは、日本の高速道路みたいに車の数が多くないので、走っていても安心感がある。

左右の熱帯樹や花などを眺《なが》めていると、気持ちまで安らいで、頭の中が空っぽになる。

バスは途中《とちゅう》のドライブ・インで何度か駐《と》まるので、そこで食事をしたり、トイレに行ったりできる。

ただし、バスは何台も駐まっているので、ぼんやりしていると置き忘れられてしまうらしい。

ペナン島の対岸であるバタワースからフェリーで渡る方法もあるが、このバスは大きい吊《つ》り橋を渡って、ペナン島に入った。

その少し前から空は曇りはじめたが、橋を渡るころには激《はげ》しい雨になり、まるで水の中にいるようだった。

「ひとみの運も落ちたな。これじゃ、夕陽はだめだぜ」

英治は、うしろをふり向いて言った。

ひとみは、ひと言も口をきかず空をにらんでいる。

ジョージタウンに入ったバスは、クアラルンプールやマラッカと似たような街並を縫《ぬ》うようにして、地下のバスターミナルに着いた。

このバスターミナルは、ジョージタウンのシンボルである六十五階建てのコムタの地下にある。

「ここにも展望ラウンジがあるそうだから、雨が上がるまで、そこでひと休みしよう」

中尾に言われて、全員がエレベーターで五十八階の展望ラウンジに上った。

ここからの見晴らしはすばらしい。雨で遠くは見えないけれど、島全体が一望できる。

しばらく眺めていると、雨はいつの間にかやんで、日が射しはじめた。

「どう？」

背中をたたかれてふり向くと、ひとみが得意そうな顔をしていた。

「まだ、まだ、わかんねぇ」

英治は首を振った。

「じゃ、ここにいたら。私たちは、ペナン・ヒルに行ってくるからね」

「だれとだれが行くんだ？」

「菊地君以外、みんな行くよ」

「おれ、一人ぼっちになるのいやだよ」

「それじゃ、つれていってあげる」

ひとみが言うと、ひかるが、

「菊地君ってかわいい」

と笑った。

「菊地、しっかりしろよ」

立石がはっぱをかけた。

ペナン・ヒルまでバスで行って、ケーブルカーで登ると、西の空は雲がすっかり切れて、太陽がインド洋の水平線に近づいていた。

「すばらしい！」

ひとみの顔も、ひかるも純子も、夕焼けで真っ赤に染《そ》めあがっていた。

水平線に雲がはりついている。

「どけよ。雲！」

日比野がどなった。

太陽の下縁が雲にかかりはじめると、空も街も、いっそう赤みを増した。

「この夕陽を見ただけで、ニューヨークから来たかいがあったわ」

ひかるの言葉が大げさに聞こえないほど、それはみんなを感動させた。

「菊地君、私と一緒だから、こんな夕陽が見れたのよ。感謝して」

ひとみが言った。

たしかに、あんなにあった雲があとかたもなく消えるなんて、ひとみには何か不思議な力があるのかもしれない。

ふと、そんなことを思った。

その夜、また矢場から電話があった。

「連中は、今日バンコクに発《た》った。ホテルは、チャオプラヤ川沿いにある高級ホテルの〇だ」

「人数は何人？」

「人数と名前、顔写真は、ホテルにファックスで送る」

「わかった。やってみる」

英治は、そうは言ったものの、何をやっていいのか、頭に浮かんでこなかった。

明日、バンコクまでのバスの中で、みんなと相談しようと思った。

V

バンコク・おやじ狩《が》り

Kumiko
Horiba

1

三月九日

ペナンからバンコクは、バスで約六時間かかる。なるべく早く着かなければならないので、鍾《チョン》霊《リン》中学は見るだけにしようということになった。

朝の八時にホテルを出た英治《えいじ》たちは、ペナン・ヒルに近いカンポンバルに出かけた。

車の多い大通りから鍾霊中学に入ると、青々と芝《しば》が植えてある大きなサッカー場が目に入った。

サッカー場の奥《おく》に、三階建ての植民地時代の面影《おもかげ》を残す、白い校舎がある。

玄関《げんかん》の部分だけ五階建てになっていて、いちばん上に時計があり、その下に「鍾霊中学」と大きな四文字が縦《たて》に書かれてある。

ここにも「鍾霊中学殉難《じゅんなん》師生《しせい》記念碑《ひ》」があると、ルさんに教えられた。

その記念碑は、旧校舎の小さなホールに設置されてあった。

碑文は漢字なので読めないが、内容は次のようなものであると、ルさんから聞いて知っていた。

「日中全面戦争がはじまってから、その戦火はペナンにも飛び火し、残虐《ざんぎゃく》な事件があちこちで起こった。

それに対し人々は思った。自らは武器を持って戦えないが、金がある人は金を出し、力のある人は力を出すべきとして戦った。そして鍾霊の学生は、愛国の情熱をもって、終始一貫《いっかん》戦った。

華人《かじん》学校の中でも、鍾霊はもっとも抗日《こうにち》意識が高く、果敢《かかん》に戦った。そのため、南進を阻《はば》まれた日本側に敵視《てきし》され、骨まで恨《うら》まれて手先により殺害された。

また一網打尽《いちもうだじん》のため、あらゆる残酷刑《ざんこくけい》を施《ほどこ》し、しかもその屍骸《しがい》がさらされた。

原爆《げんばく》の投下により、国の恥《はじ》と家の仇《かたき》は川の流れとともに東へ流れ去った。彼《かれ》らは民族大義のために犠牲《ぎせい》となったので、ここ学校の中庭に記念碑を建て、彼らの功績を永遠にたたえて、彼らの魂《たましい》を慰《なぐさ》め、その名を後世にとどめておこう」

「ここでもやっている。しかも中学だ。気が重くなるな」

相原《あいはら》がうんざりした顔で言った。

シンガポールからマレーシアまで、こんなことを何度見せつけられたか。

しかし、事実を避《さ》けてはいけない。直視しなくては。英治は、自分に言い聞かせた。

一行は、その記念碑を見ただけで、鍾霊中学をあとにした。

バスがハイウェイに入って間もなく、

「みんな、タイのことはよく知ってると思うけど、説明します」

ひとみが、先生みたいな口調で話しだしたので、英治は、思わず相原と顔を見合わせてしまった。

「菊地《きくち》君、タイの人口を言ってごらん」

「知りません。先生」

「そんなことも知らないの。五千五百万人。そのうち六百万人はバンコクに住んでるわ。では、タイ族のほかに、どんな民族がいるか？」

「中国人、マレー人、インド人。それから、ラオス、ミャンマーかな」

「そのほかにクメール人。まあまあね。じゃあ、季節は？」

「いつも夏だろう？」

「タイは日本と違《ちが》って、シーズンは三つしかないの。三月から五月までは夏」

「じゃあ、今は夏か？」

「そうよ。六月から十月までは雨季、一日に一度は雨が降《ふ》るわ。特に十月は、一日中雨が降ることもめずらしくないそう。十一月から二月は乾季。十一月を過ぎると、雨はほとんど降らなくなる」

「先生、えらい！」

英治は手をたたいた。

「では、昨日の夜、矢場《やば》さんから電話があった。その内容を話すから聞いてくれ」

英治は、みんなの顔を見まわした。

「例の市会議員か？」

天野《あまの》が聞いた。

「やってくるのは八名。名目は、バンコクの交通事情の視察だ」

「バンコクの交通事情って、どうなんだ？」

立石《たていし》が聞いた。

「行ってみればわかるが、ほとんど麻痺《まひ》寸前だそうだ」

「その市会議員のやって来るK市ってのは、そんなに交通事情が悪いのか？」

「周囲は田園で道も広いから、車の流れはいたってスムースらしい」

「じゃ、なんのために行くんだ？」

「遊びさ」

「税金を使って？」

純子《じゅんこ》が言った。

「そうだ。それが慣例《かんれい》になってるらしい」

「許せないよ、そんなの。遊びって何をするの？」

「決まってるだろう。若い女の子を買うのさ。いわゆる買春だ」

「ちょっと待ってよ。私《わたし》たちはシンガポールとマレーシアで、戦争中日本軍がやった悪いことを、いやというほど見せられたわ。それを忘《わす》れて、平和になったら、その息子《むすこ》たちが女を買いに行くの？」

「そういうこと」

「私、日本人であることが恥《は》ずかしい」

「呆《あき》れてものも言えないよ」

純子につづいて、久美子《くみこ》が吐《は》き捨《す》てるように言った。

「そう思ったら、これを見過ごす手はないと思うだろう？」

「当たり前よ。そいつらの旅行、めちゃめちゃにしてやろうよ」

ひかるにつづいて久美子が、

「おやじ狩《が》りだ」

と言った。

買春ということで、男子より女子のほうが頭にくるらしい。

「これからバンコクに着くまで時間がある。その間に、スケベ議員粉砕《ふんさい》計画を練ろうぜ」

「やろう、やろう」

こういうときののりは中学以来だ。

「やつらは、二日前に日本を出て、今夜バンコクに入るらしい」

相原が言った。

「それまでどこにいたんだ？」

立石が聞いた。

「一応かっこうをつけるために、地方をまわったらしい。だから、今夜と明日は、思いきり羽を伸《の》ばすと言ったそうだ。それが楽しみでタイにやってきたんだからな」

「むかつく話ね」

久美子は、思いつめたように窓《まど》の外を見ている。

「思い出した」

久美子が目を輝《かがや》かせて言った。

「内山《うちやま》さんが、バンコクに行ったらカオサンだって言ってた」

「カオサンって、何が？」

ひとみが聞いた。

「バックパッカーの聖地らしいわ。バンコクに行ったらカオサンが合言葉だって。だから、もしかしたら、内山さん、いるかもしれない」

「いたら、また頼《たの》むのか？」

安永《やすなが》が聞いた。

「あの人なら裏《うら》のことを知っているし、きっと友だちもいるから、役に立つと思う」

「内山さんに会えるといいなあ」

英治が言うと、ひとみが、

「会えそうな予感がしてきた」

と言った。

「もし内山さんに会えるなら、こんなことやったらどうかな？」

ひかるが言った。

「いよいよ、ひかるさまのお出ましだ」

柿沼《かきぬま》がひやかした。

「タイで怖《こわ》いのは、ドラッグとエイズ。この二つは、そいつらをやっつける、有力な武器になると思う」

「そのとおりだ。いい方法あるか？」

相原が聞いた。

「バンコクの大麻《たいま》の売人は、警官《けいかん》とグルになって小づかい稼《かせ》ぎしてるんだって。これ、なんとかならない？」

「そいつは面白《おもしろ》い！　まず、葉っぱを大麻だと言って売りつけておいて、ニセ警官が踏《ふ》みこむんだ。こいつはきくぞ」

英治は、胸《むね》がわくわくしてきた。

「麻薬の売人は、ノープロブレムと言って売りつけておいて、警官に密告《みっこく》するのは常識らしい。ヘロインを持っていたら、百グラム以上は無期懲役《ちょうえき》、二十グラム以下は十年だってさ。密告奨励《しょうれい》制度というのがあって、売人や所持者を密告すると、報奨金《ほうしょうきん》をもらえるらしい」

相原は、どこかの本で調べたらしい。

「よし、その手でやろうぜ。エイズはどうだ？」

英治がひかるに聞いた。

「タイにどのくらいのエイズ患者《かんじゃ》がいるかわからないけれど、タイの全娼婦《しょうふ》の十二パーセントはキャリアだって、タイ赤十字が発表しているわ。これはかなり古い統計だから、現在ではもっと多いでしょう。今世紀末には、四百万人に達するだろうって」

「すげえ数だな。よし、エイズでも脅《おど》かすことができるな」

市会議員の買春ツアーをやっつけるアイディアは、それからも次々に出し合って、時間のたつのも忘れた。

気がつくと、バスはバンコク市内に入り、渋滞《じゅうたい》にはまって身動きができなくなった。

前も横もうしろも、道路はぎっしりと車で埋《う》まって、まったく身動きもできない。そのうえ、車の間を走り抜《ぬ》ける三輪車。

「すごいな、これは……」

耳が破れそうな騒音《そうおん》。みんな呆《あき》れて、窓の外の風景を眺《なが》めるしかなかった。

これでは、いつになったらホテルに着けるのか、見当もつかない。

しかたないと諦《あきら》めるしかない。

2

ホテルに着くと、すっかり夜になっていた。

市会議員の連中は、もうOホテルに着いているかもしれない。

「早く行動しないと、夜の街へ出かけてしまうぞ」

安永が言った。

英治と相原と安永の三人で、カオサンまで行ってみることにした。

久美子とひとみが、私たちも行くと言い張ったが、女は危険《きけん》だからと説得して、やっと納得《なっとく》させた。

チャオプラヤ川の右岸一帯には、王宮、王宮広場、国立博物館などがあり、ここがタイの政治、宗教、文化の中心で、昼間は観光客の多いところである。

しかし、夜になり、民主記念塔《とう》の手前北側カオサン通りは、安宿《やすやど》が並《なら》んでいて、ヨーロッパ人のバックパッカーがうろうろしている。

日本人は、ここよりはチャイナタウンに多いということを、ホテルで聞いた。

たしかに、カオサン通りを歩いても、日本人には会わない。

路上のカフェにたむろしているのも、ヨーロッパ人ばかりだ。

「チャイナタウンに行ってみるか？」

安永が言った。

地図を見ると、ここからチャイナタウンはそれほど遠くはない。

大体の見当をつけて歩いていると、やがて中国語の看板《かんばん》が見えだした。

強烈《きょうれつ》な臭気《しゅうき》と喧騒《けんそう》が、闇《やみ》の向こうから流れてくる。そして道路いっぱいに溢《あふ》れる人の波。

どこのチャイナタウンも大体同じだ。

いつの間にか、人の波の中にまぎれこんでいた。ここで内山を捜《さが》すのは、ほとんど不可能だと思えてきた。

道路を埋めつくす屋台。もの乞《ご》いの子どもがそばに寄ってきて手を出す。

細い路地に入ると、旅社と書いた安宿がある。

暗い建物のかげに女が立っている。娼婦なのかもしれない。

まるで迷路のような路地から、ふたたび広い道に出てきた。

人の数は、前よりも増えたみたいだ。

これで見つけられるなら奇跡《きせき》だ。

英治があきらめようと思ったとき、向こうからやって来る内山の姿《すがた》を認《みと》めた。

「内山さん」

思わず大きい声が出てしまった。

「どうして、こんなところにいるんだ？」

内山がけげんそうに聞いた。

「内山さんを捜しに来たんです。もしかしたら、ここで会えるかもしれないと思って」

英治は、内山を見たとたん、それまで胸につかえていた塊《かたまり》が消えてしまった。

「また、何かあったのか？」

「ええ」

「じゃ、そこで話そう」

内山は、屋台の飯屋で、何か注文すると、汚《きたな》い丸テーブルのまわりにある折りたたみいすに腰《こし》かけた。

やがてスープが運ばれてきた。

英治は、内山に値段《ねだん》を聞いて代金を払《はら》った。

スープは何だかわからないが、飲んでみると意外にうまかった。

相原が、K市の市会議員の話を内山にした。

「バンコクにやってくる日本人は、大抵《たいてい》そんなやつらだ。別に珍《めずら》しくもない」

内山は、大して興味を示さなかった。

「そいつらは税金を使って、遊びに来たんだから許せません、やっつけるいい方法はないですか？」

「そんなものはいくらでもある」

「おねがいします。力を貸してください」

英治は、すがりつくように訴《うった》えた。

「近ごろ退屈《たいくつ》してたから、久しぶりにそいつらをからかってやるか」

内山は、しばらく考えてから言った。

「ありがとうございます」

三人は、そろって頭を下げた。

「しかし、君らもおかしな連中だな。せっかくバンコクまでやってきて、何も見ないで帰るのか？」

「別に観光地を見る必要はありません。ぼくらは、せっかく来たからには、何か思い出をつくりたいのです」

「市会議員をやっつけたら、いい思い出になるのか？」

「なります。その連中のやったことは、全部マスコミに流しますから」

「そうなったら、議員はクビだな」

「見せしめのためです。そうでもしなきゃ、これからも、しょっちゅう税金をつかって、買春ツアーにやってきます」

「ああいう連中は、おれも不愉快《ふゆかい》だった。よし、力を貸そう。やつらは、Oホテルに泊《と》まっていると言ったな？」

「はい、そうです」

「Oホテルは最高級のホテルだから、そこには女をつれこめない。必ず外へ出るはずだ。電話してみよう。名前は知ってるか？」

「全部で八名ですが、市会議長は石岡《いしおか》といいます」

「よし、いるかいないかわからんが、もしいたら、外へ呼び出そう」

内山は、近くにいるタイ人から携帯《けいたい》電話を借りた。

「Oホテルの電話はわかるか？」

「わかります」

英治は、矢場から聞いた電話番号を手帳にメモしておいたので、手帳を出して内山にOホテルの番号を教えた。

「そいつたち、金は持っているか？」

内山が聞いた。

「持ってると思います。議員だから」

「その金を、巻《ま》きあげてもいいか？」

「巻きあげたほうがいいです。金がなければ、悪いことできませんから」

「それなら話は簡単《かんたん》だ。金になるなら、手つだってくれる人間を捜すのはわけない」

内山はOホテルに電話して、石岡を呼び出した。

「もしもし、石岡先生ですか？」

「そうだが、君はだれだ？」

「私は、石岡先生のお世話をするよう言いつかったものです。鈴木《すずき》といいます」

「君は日本人か？」

石岡は、まだ警戒《けいかい》しているようだ。

「はい、日本人です。バンコクにはもう八年いて、便利屋をやっています。どんなことでもお申しつけください。秘密《ひみつ》は絶対守ります」

「そうか。それならホテルまで来てくれるか？」

「はい、今すぐ伺《うかが》ってよろしいですか？」

「ああ、すぐ来て、わしを呼び出してくれ」

「わかりました。すぐ伺います」

内山は電話を切ると、

「うまくいった。すぐにOホテルに行こう」

と言って、歩きだした。

「呼び出して、どこへつれて行くんですか？」

相原が聞いた。

「パッポンのゴーゴーバーだ。ここでは、トップレスの女性がお立ち台で踊《おど》っている。客はボックスでビールを注文して、女の品定めをする。気に入った女がいれば、交渉《こうしょう》すればいい。日本語は通じないが、それはおれがやる」

内山が言った。

「ぼくらは、どうすればいいんですか？」

「君らは、Sホテルで待ってろ。そこへ石岡をつれていく」

「わかりました。ホテルの場所を教えてください」

英治は、突然《とつぜん》ひらめいた。

「ここだよ。Oホテルから歩いて五分だ」

「もちろん女も一緒《いっしょ》でしょう？」

「当たり前のことを聞くなよ」

内山が言った。

「Sホテルに行ったら、女に金をやって帰してください」

「それはいいけれど、石岡はどうするんだ？」

「別の女を、そこへ行かせます」

「だれだ？」

「内山さんもご存じの久美子です」

「彼女《かのじょ》に、そんなことやらせるのか？」

「やるのは、石岡をこてんぱんにやっつけることです」

「そいつは面白《おもしろ》い。そうなると、つれ出すのは石岡一人だな？」

「まず石岡をつれ出して、それから次々と呼びましょう」

「一人ずつ釣《つ》りあげるのか？」

「そうです。ついでに、麻薬もやりましょう？」

「麻薬はヤバイ。手を出すな」

「本物の麻薬じゃない。小麦粉ですよ。それをやつのポケットに入れるんです」

「それから……？」

「ニセ警官がホテルに踏みこんで、麻薬を取り出す。そして懲役《ちょうえき》十年だと言うんです」

「おれは知らないと言うだろう」

「そんな言いわけは通用しません。ここはタイですからね」

「ニセ警官というと、タイ人でないとまずいな」

「だれか友だちがいるでしょう。どうせ、内山さんが通訳《つうやく》するんですから、何をしゃべってもいいわけですよ」

「君ら、とんでもないことを思いつくな。これじゃ、観光より面白い」

「そうでしょう」

四人はOホテルに着いた。

「それじゃ、ぼくらはロビーのソファに座《すわ》っていますから、石岡を呼び出して、ぼくらのうしろに座ってください」

「よしわかった」

四人は、Oホテルに入っていった。

3

英治は、ホテルに電話して、久美子を呼び出した。

「どこにいるの？　連絡《れんらく》がないから心配してたよ」

「内山さんが見つかった」

「見つかった?!」

久美子は大きい声を出した。

「いまOホテルにやって来て、議長の石岡を呼び出してるところだ」

「呼び出してどうするの？」

「今から、Ｏホテルの近くにあるＳホテルに来てくれ。おれたちはそこにいるから」

「わかったわ」

「久美子にも出番があるから、そのつもりで来てくれよ」

「ほんと？」

久美子の声がはずんだ。

「今、石岡がやって来た。電話を切るぞ」

英治が電話を切ってソファにもどると、内山が年かっこうは五十歳《さい》くらい、頭がはげあがって、背《せ》の低い男をつれてやってくるところだった。

内山と石岡は、英治たちのうしろの席に座った。

「みなさんを、面白いところへご案内するよう命じられておりますので、なんでもご相談くださ い」

内山は、バックパッカーにしては、いっぱしの口のききようをする。

「バンコクに来たら、何がしたいかわかってるだろう？」

「わかっております。それは私におまかせください。とりあえず最初に、議長さんをおつれして、それで面白かったら、みなさまをお呼びしたら、いかがでしょうか？」

「それはいい案だ。もし行ってもつまらなかったら、わしの責任になるからな」

石岡は、もっともらしいことを言う。

「それでは、さっそくゴーゴーバーにご案内します。ここでいい子がいたら、私にお申しつけください。私が相手と交渉いたしますから」

「頼むよ。わしは、タイ語も英語もからっきしだからな」

「大丈夫《だいじょうぶ》、おまかせください。日本人だとみると、相手は値段をふっかけますが、私が交渉すれば、そうはさせません」

「そうか、そうか。では、さっそく出かけるとしようか」

石岡は、そう言うなり、元気よくソファから立ち上がった。

そのあとから内山がついていく。

ちらとうしろをふり向いて、ウインクして見せた。

これは、Sホテルで待てというサインだ。

英治と相原と安永は、内山と石岡がロビーから消えるのを待って席を立った。

Sホテルまでは、内山が言ったとおり、五分ほどしかかからなかった。

Sホテルは外観を見ただけで、中クラスのホテルであることがわかった。

これだと、英治たちの泊まっているのと同クラスだ。

ロビーの脇《わき》のコーヒーショップに入って、コーヒーを注文した。

「内山さん、うまく罠《わな》にはめてくれるかな?」

英治は、それがちょっと心配だ。

「大丈夫だ。全然疑《うたが》ってない。おっさんの頭の中には、タイの女のことしかないみたいだ」

安永が言った。

十分ほどすると、柿沼、立石、久美子、ひとみの四人がやってきた。

「私は何をすればいいの？」

久美子は、安永に聞いた。

安永が話しだそうとしたとき、きちんとスーツを着たタイ人の若《わか》い男性がやってきて、

「菊地さんは、どなたですか？」

とたどたどしい日本語で聞いた。

「ぼくです」

英治が手を上げた。

「内山さんに言われて来ました。トゥンといいます。間もなく、内山さんが男と女をつれてやってきます。そうしたら、ぼくと久美子さんは、ニセ警官になって部屋に入ります」

「私が婦人警官になるのね？」

久美子の目が輝いた。

「そうです。男はポケットに、麻薬の入った小さな袋《ふくろ》を持っていますから、それを取り出してください」

「麻薬？」

久美子の顔色が変わった。

「麻薬に見せかけた白い粉です。彼は、知らないと言うでしょう。あなたは、証拠《しょうこ》があるのだから無期懲役だと脅《おど》してください。あとは私と打ち合わせするふりをして、もし彼が金でなんとかならないかと言ったら、うまく交渉してください」

「わかったわ」

「百グラム持ってたら無期だけれど、それより少ないから十年だと言えば、腰が抜けるほどショックだろう。金でなんとかと言ったら、有り金全部出させるんだ。あんなやつは、丸はだかにしたほうがいい。そうすりゃ、もう悪いことはできないだろう」

柿沼が言った。

「いいわ。私にまかせて」

久美子は自信満々である。

コーヒーショップで一時間ほど話をしていると、内山が石岡と女をつれてやってきた。

「美人じゃない？」

久美子が感心すると、

「あれくらいなら、どこにでもいる」

とトゥンが言った。

「タイの女性って美人なんだ。住みたくなった」

英治は言ったとたん、ひとみに腕をつねられた。

内山がフロントで話をしている。

石岡と女が消えると、内山はコーヒーショップにやってきて、親指と人差し指を丸めて、うまくいったというサインをした。

「ゴーゴーバーに、宮田《みやた》、横井《よこい》という議員と、松下《まつした》というのを呼んだ。今ごろは、女たちをはべらせて鼻の下をのばしているだろう。バンコクのホステスはドリンク代で稼《かせ》ぐから、やたら注文するんだ」

内山が言った。

「ばかねえ。菊地君もそんな大人にならないでよ」

ひとみが吐き捨てるように言った。

「さあ、おれはゴーゴーバーにもどる。この三人は、君たちが泊まっているホテルにつれて行くから、いいように料理してくれ。こちらのニセ警官は、ワッタナーという男を行かせる」

内山はそう言いおいて、コーヒーショップから出ていった。

「そろそろ、行ってもいいかな？」

トゥンが時計を見て立ち上がった。

「久美子、パスポートを取り上げるのを忘れるな。石岡はまかせた。おれたちはホテルに帰る」

「まかせて」

久美子は胸をたたいた。

全員がコーヒーショップを出ると、久美子だけを残して、あとの者はホテルを出た。

Sホテルから英治たちの泊まっているホテルまでは、歩いて二十分はかかる。

バンコクの昼間は暑いが、夜も遅《おそ》くなってくると気持ちいい。

ぶらぶらと歩いて帰ることにした。

ホテルにもどると、ロビーにタイ人の若い男がいて、中尾《なかお》と話をしていた。

「内山さんの紹介《しょうかい》で来たらしい」

中尾は英治に言った。

「みんな、ここへ来るよう言ってくれ」

英治は男に向かって、

「ワッタナーさんですか？　菊地です」

と言って、手を出した。

ワッタナーは、英治の手をにぎって、

「内山さんに言われて来ました」

とつたない日本語で言った。

「内山さんは、あなたに何を言ったのですか？」

「ニセ警官になるように言いました。それから、あとで電話するそうです」

ワッタナーの言葉が終わるのを待っていたように、ベルボーイがやってきて、

「菊地さんはいますか？　電話がかかっています」

と言った。

英治は、ロビーの電話を取った。

「もしもし、菊地です」

「いまから三人をつれてそこへ行く。部屋は君たちの部屋にしてくれ」

「わかりました。四〇一、四〇二、四〇三がいいです」

「そこに女と部屋に入りこむ。そうして、男をバスに入れる。そうしたら女は部屋を出て、君の友だちがベッドに入り、部屋の電気を消す」

「電気をつけてベッドを見ると、日本人の女になっている。これは驚《おどろ》きますよ」

英治は、思わず笑ってしまった。

「そのあと、ニセ警官の登場だ」

「大丈夫。うまくやりますよ。あと何分で来ますか？」

「十分以内に着く」

電話を切った英治は、内山とのやりとりをみんなに話した。

「四〇一号は、私と久美子の部屋よ」

ひかるが言った。

「四〇二号は、私とひとみの部屋だわ」

純子が言った。

「四〇三号は、おれと中尾の部屋だぜ」

日比野《ひびの》が言った。

「それじゃ、日比野は女装《じょそう》しろ」

相原が言った。

「え、どうして？」

日比野が意外そうな顔をする。

「四〇一はひかる、四〇二はひとみ。四〇三は日比野。それで文句あるか？」

「女は、純子がいるじゃんか」

「いいんだ。おまえのほうが面白《おもしろ》い」

「じょうだんじゃねえよ。そんなことできるわけないだろう」

日比野が首をふった。

「できる。シャワーキャップをかぶって、毛布から顔の半分だけ出してればわかんないよ。私が口紅《くちべに》を貸してあげる」

ひかるが笑いながら言った。

「ええことになったな」

日比野は、半分べそをかいている。

「さあ、早く部屋にもどって準備だ。時間はもう十分もない」

みんな、ぞろぞろとコーヒーショップを出た。

「もしもってことがあるといけねえから、おれたち、ロッカーに隠《かく》れていようぜ」

立石が言った。

「よし、そうしよう」

「久しぶりに血が騒《さわ》いできたぜ」

安永が拳《こぶし》を固めた。

4

久美子は、トゥンをつれてホテルにもどった。

ちょうどロビーに、みんなが集まっていた。

「久美子、お帰り。どうだった?」

純子が、真っ先に見つけて聞いた。

たちまちみんなに囲まれた。

「どうって、こうよ」

久美子は、パスポートをひらひらさせた。

「それ、だれのパスポート？」

ひとみが聞いた。

「決まってるでしょう、石岡のよ」

「ちょっと、ちょっと、どうだったか教えてよ」

「こんなぐあいだったわ」

久美子とトゥンは、五階までエレベーターで上がると、五一〇号室のドアをノックした。

二回、三回ノックして、やっと中から声がした。

「警察の者です。ちょっとお目にかかりたいそうです」

久美子が言うと、ドアが細目にあいた。

「警察がなんの用だ？」

ドアの隙間《すきま》から見える石岡は、腰《こし》にタオルを巻いて、上半身ははだかだった。

「お聞きしたいことがあるそうです。言うことを聞かないと、面倒《めんどう》なことになりますよ」

久美子は、少し脅しをかけた。

「君はいったいだれだ？」

「私は通訳です」

「君らは、私がだれだか知っているのか？」

「知りません。密告があったから来たのです」

「密告？」

「そうです」

「なんのことだ」

石岡は、ぶつぶつ言いながらドアをあけた。

女がベッドで寝《ね》ていた。

「女のことか？」

「その女性は、あなたのお友だちですか？」

「まあ、そうだ」

「名前は、なんて言いますか？」

「名前なんて知らん」

「お友だちの名前を知らないんですか？　どこかのゴーゴーバーからつれてきたのでしょう？」

「つれてきてはいかんのか？」

「タイでは、買春は犯罪《はんざい》です」

「そんなこと、だれでもやってるではないか？」

「やっていても、犯罪は犯罪です。言いたいことがあるなら、警察に行きましょう。二、三日は留置と覚悟《かくご》してください」

「なんとかならんか？　金なら出す」

「わいろですか？」

「いいだろう？　わいろを出せば、見逃《みのが》してくれると聞いてきた」

「買春はまあいいとして、あなたは麻薬を持っているでしょう？」

「麻薬？　とんでもないことを言うな。そんなものは持ってない」

石岡は大声を出した。

「それでは、あなたの着ていたものを調べてもいいですね？」

「ああ、結構だ。十分に調べてくれ」

久美子は、ソファに投げ出してあるスーツのポケットに、自分が持ってきた小さなビニール袋を入れると、それを取り出した。中に白い粉が入っている。

「これはなんですか？」

久美子は、ビニール袋を石岡の目の前でひらひらさせた。

「そんなものは知らん」

突然、トゥンがタイ語でどなりだした。

「なんて言ってるんだ？」

石岡は、驚いて久美子に聞いた。

「うそをついてもだめだ。正直に白状しろと言っています」

久美子は、勝手に話をでっちあげた。

「知らないものは知らない」

「いいですか？　この国では、百グラム以上の麻薬を持っていたら無期懲役です。これはそれほどないけれど、十年の懲役は覚悟してください」

「十年？　そんなばかな。わしは麻薬なんか持っておらん。だれかが入れたんだ」

「麻薬所持でつかまると、みんなそう言います。警察はそんな弁解を聞いてはくれませんよ」

「どうしたらいいんだ？」

最初の石岡の勢《いきお》いは、すっかりなくなってしまった。

「あなたの持っているものを、すべて彼に差し出して、頼んでみたらどうですか？」

「金か？」

「それだけじゃありません。時計もカメラも、パスポートも全部です。丸はだかになるのです。そこまで誠意《せいい》を示せば、なんとかなるかもしれません」

「十年の懲役にくらべたら、そんなものはなんでもない。すべて出すから、見逃してくれと言ってくれ」

「わかりました。なんと言うかわかりませんが、話してみます」

久美子は、口から出まかせの、タイ語らしいものをしゃべった。

すると、トゥンも何か言ったが、何を言ってるかわかるはずがない。

「OK?」

久美子が言うと、トゥンはうなずいた。

「それでいいだろう。ただし、始末書を書けと言っています」

「始末書? なんと書けばいいんだ?」

「そこに、ボールペンとメモ用紙があるでしょう。そこに、私が言うとおり書きなさい。まず始末書と書くのです」

「わかった。なんでも書く」

石岡は、ボールペンでメモ用紙に、始末書と書いた。

「本日、三月九日、私、あなたの名前は?」

「石岡実《みのる》だ」

石岡が言った。

「石岡実は、貴国《きこく》タイに対して重大なる違法行為《いほうこうい》をいたしました。その一つは買春、もう一つは麻薬所持であります。

本来ならば、懲役十年を科せられても致《いた》し方《かた》ない犯罪でありますが、貴殿《きでん》のご厚情《こうじょう》により格別のご配慮《はいりょ》をいただいたこと、石岡はこのご恩を一生忘れません。

日本人として、かかる恥ずべき行為をした償《つぐな》いとして、私は髪《かみ》を落として反省いたしますので、よろしくおねがいいたします」

石岡は、久美子が言ったとおり書いた。

「あなたの名前と日本の住所を書いて、拇印《ぼいん》を押《お》しなさい」

石岡は、親指に女の口紅をつけると、拇印を押した。

「これでいいか？」

久美子は、ふたたびいいかげんなタイ語で言った。

トゥンがうなずいた。

「いいそうです。では、髪を切ります」

久美子は、トゥンから電動ひげ剃《そ》り器を借りると、石岡の頭を剃り出した。

かなりはげ上がった石岡の頭は、久美子が縦横に刈《か》り取ったので、見るも無残な頭になってしまった。

パニックになっている石岡は、そんなことには気づかず、ジャケットのポケットからパスポートとさいふを取り出して、久美子に渡《わた》した。

「これが全部ではないでしょう？」

久美子が聞いた。

「あとは、ホテルの貸金庫に入れてある」

石岡が情けない顔で言った。

「それでは、明日の朝それを封筒《ふうとう》に入れ、イトー様と書いてフロントに預けなさい。あとで取りに行きます」

「わかった」

石岡は、ほとんど聞き取れない声で言った。

「では、帰ってもいいそうです」

久美子が言うと、石岡は慌《あわ》てて服を着ると、部屋から飛び出していった。


「というわけ」

久美子の長い話に夢中になっていた連中は、話が終わるといっせいに拍手《はくしゅ》した。

「やったね、久美子」

ひとみにほめられた久美子は、

「ケリがつかえなかったのが、残念だった」

いかにも悔《くや》しそうな顔をした。

5

部屋に入ったひとみは、さっそく化粧《けしょう》をはじめた。

目にアイシャドウをつけて、唇《くちびる》に口紅を塗《ぬ》った。

こんなひとみを見るのは、英治にとってはじめての経験である。

「けっこう、いけるじゃんか」

それは、英治の本音でもある。

「いやらしいこと言わないで」

ひとみがふくれた。

「そんなおっかない目すんなよ。今は娼婦《しょうふ》だってこと忘れるな。男を吸《す》い寄《よ》せる目をしなくちゃ」

英治は、一応もっともらしいことを言った。

「そんな目、できるわけないわよ」

「それじゃ、片目《かため》つぶってみろ。それくらいはできるだろう?」

ひとみが片目をつぶった。

「よし、よし。色っぽくなったぞ」

電話が鳴った。英治が受話器を取ると、

「そっちへ行くぞ」

という中尾の声が聞こえた。

「来るぞ」

英治は部屋の明かりを消して、ベッドランプだけにすると、ひとみとロッカーに隠れた。

せまいロッカーの中なので、ひとみと体がぴったりくっつく。

ひとみのにおいが鼻をくすぐる。

ひとみとは顔がくっついている。すぐそこに唇がある。

英治の心臓《しんぞう》が、破れそうなほど鳴りだした。

「ひとみ」

言ったはずだが、声にならなかった。

目の前にひとみの唇があった。

そのとき、ドアのあく音がした。

男が女をつれて部屋に入ってくるのが、わずかにあけたロッカーの隙間《すきま》から見えた。

男は、女を抱《だ》き寄せた。

女は、男を押しのけて、「シャワー」と言った。

「そうか、シャワーを浴びろと言うんだな」

男は、服を脱《ぬ》いで、バスルームに入っていった。

ひとみがロッカーから出た。

取り残された英治が唖然《あぜん》としていると、女が部屋のドアをあけて、外へ出ていく音が聞こえた。

シャワーの音が聞こえると同時に、英治もロッカーを出て、男のジャケットのポケットに、白い粉の入ったビニール袋をしのばせた。

それから部屋のドアをあける。

廊下《ろうか》に立っていたワッタナーが入ってきた。

バスルームの中から、上機嫌《じょうきげん》な男の演歌《えんか》が聞こえる。

「ベッドに入れ」

英治が言うと、ひとみはベッドに入って顔だけ出した。

英治とワッタナーは、カーテンのかげに隠れた。

男が何もつけず、バスルームから出てきた。

ベッドのひとみを見て、

「君は……？」

とけげんそうな顔をした。

英治とワッタナーが、カーテンのかげからあらわれた。

「君たちはだれだ？」

男は動転し、表情をこわばらせて、その場に立ちすくんでいる。

ワッタナーがタイ語で言った。

「われわれは警察の者だ。私は日本語の通訳だ」

英治がきびしい口調で言うと、

「警察が、なんの用があってやってきた？」

男は、せいいっぱい虚勢《きょせい》を張っている。

「君は、この部屋に何しに来た？」

「遊びに来たんだ」

「彼女とは、どういう関係なんだ？」

「友だちだ」

英治はひとみに向かって、

「友だちか？」

と聞いた。

「いいえ、違います。見たこともない人です」

「そうか、すると住居侵入《しんにゅう》だな。目的はレイプか？」

「違う、違う。ここで女が待っていると言われて、やってきたのだ」

「すると、この女は体を売るというのだな？」

英治は、男に念を押した。

「まあ、そういうことだ」

「とんでもない。私たちはグループでアジア旅行をしていたんです。体を売るなんて、どこで聞いたんですか？」

ひとみが、顔を真っ赤にして詰《つ》め寄《よ》る。

なかなかの演技《えんぎ》だ。

「ゴーゴーバーだ」

「私は、ゴーゴーバーなんかに行ってません」

「たしかに、会ったのは、タイ人の女性だ。彼女がここにつれてきたんだ」

男は、すっかり動転して、しどろもどろになった。

「女はどうした？」

「いなくなった」

「そんな言《い》い訳《わけ》は通らん。本当のことを話せ」

「うそじゃない。本当のことだ」

男は、やっと自分が丸はだかであることに気づいて、タオルで腰のまわりを隠した。

「あんたの名前は？」

「名前を言う必要はないだろう？」

男は居直った。

「言いたくなければ、警察に来てもらうしかないな。そうなったら、一週間の留置は覚悟してもらう」

「それは無茶だ」

「ここは日本ではない！　甘《あま》ったれるな」

英治がどなると、男はしゅんとなった。

「持ち物を調べさせてもらう」

ワッタナーが、男のジャケットのポケットに手を入れて、ビニール袋を取り出した。

「これはなんだ？」

英治が聞いた。

「知らん」

「ポケットに入っていたんだ。知らんではすまされんぞ」

「そんなもの入れた覚えはない」

「はじめは、みんなそういうことを言うんだ。麻薬だろう？」

「麻薬なんて、とんでもない！」

男は、激《はげ》しく手をふった。

「しらばくれてもだめだ。この国では、麻薬所持は百グラム以上が無期懲役、この量だと十年だな」

「十年？」

男の顔から血の気《け》が引いた。

「麻薬所持で、ここの刑務所《けいむしょ》に入っている日本人は何人もいる」

「これは何かの間違いだ。おれは刑務所に入るのはいやだ。なんとかしてくれ。頼む」

男は手を合わせた。

「なんとかしてというのは、わいろのことか？」

「金で済《す》むなら、いくらでも出す」

「あんたはそんなに金持ちか？」

「おれはパチンコ屋をやってるから金はある。どのくらい出したらいい？」

「麻薬を見逃してもらうとなったら、ハンパな額じゃだめだ。全財産を提供《ていきょう》すると言えば、別だが……」

「全財産？　それじゃ、おれはどうなる？」

「いやなら、ここの刑務所に十年入るんだな。どちらでも好きにしろ」

「しばらく考えさせてくれ」

「いいだろう。その前に名前を言え」

「松下清《きよし》だ。そのさいふの中に名刺《めいし》がある」

英治は、さいふから名刺を出して、

「ほう、市会議員か？」

いかにも驚いてみせた。

「そうだ」

「市会議員が、バンコクに何しにきた？」

「海外視察だ」

「視察？　女のか？」

「違う。バンコクの交通事情を調査に来たんだ」

「それは名目で、女を買いに来たんだろう？」

「違う、違う」

松下は強く手をふった。

「ほかの二人も市会議員か？」

「そうだ」

「名前はなんと言う？」

「宮田と横井だ。あの二人も、おれと同じ目に遭《あ》っているのか？」

「密告があったんだよ」

「密告？」

「ここでは、密告はふつうのことだ。そんなことも知らなかったのか？」

「知らなかった」

松下は頭をかかえた。

「どうだ。決心がついたか？」

「半分にしてもらえないだろうか？　全部取られては、食っていけなくなる」

松下は情けない声で言った。

「相談してみる」

ワッタナーと、いいかげんなタイ語を話してから、

「特別に許してやると言っている。そのかわり、念書を書け」

「念書？」

松下は英治の顔を見た。

「私は日本人として、重大な犯罪を犯《おか》してしまいました。これは、私だけでなく日本の恥《はじ》でもあります。これを公《おおやけ》にしないため、私は財産の半分を提供いたします。もし約束を守らない場合は、いかなる処置《しょち》も受けます。こう書くんだ」

英治は、ホテル備えつけのボールペンと便箋《びんせん》を、松下の前に差し出した。

「どうしても書かなくてはだめか？」

「だめだ」

松下は、手をふるわせながら書き終えた。

「名前と日本の住所、それに拇印を押すんだ」

英治が言うと、松下は素直に従《したが》った。

「このパスポートは預かっておく」

英治は、パスポートをワッタナーに渡した。

「それは困《こま》る。パスポートがなくては身動きがとれん」

「日本大使館に行って、失《な》くしたと言えば出してくれる。あまりぐずぐず言わんほうが、身のためだぞ」

松下はうなずいた。

ワッタナーがタイ語で何か言った。

「これから、こんなみっともないことは二度とするな、と言っている」

「わかりました」

「それから、こちらで女と寝たか？」

「寝ました」

「若い女だったか？」

「そうです」

「出身はどこだと言っていた？」

「ラオスとか言っていました」

「エイズかもしれない。日本へ帰ったら調べるんだな、感染《かんせん》していることは覚悟したほうがいい」

「えぇッ」

松下は、ぶるぶるとふるえだした。

「もう、いいから帰れ」

英治が言うと、松下はそそくさと服を着て、部屋を出ていった。

「やったね」

ひとみが手をたたいた。

「念書にパスポート。それにおまけがエイズか。これはばっちし効《き》いたな」

英治が満足そうに言った。

ドアがノックされ、あけると、日比野と久美子が入ってきた。

「こっちはやったよ。日比野君のほうはどうだった？」

ひとみが聞いた。

「それが、おれの役を久美子にとられちまったんだ」

「ベッドに寝ていると、いきなり襲《おそ》いかかってきたから、思いきりけり上げてやったよ」

「久しぶりのけりだね。どうだった？」

ひとみが聞いた。

「それがうまく急所に当たっちゃって、男は伸びちゃった」

みんな大爆笑《だいばくしょう》になった。

「おれもやりたかったのに、こっちはがっかりさ」

アイシャドウと口紅をつけたままの日比野が言ったので、また大爆笑になった。

「ひかるのところは、どうかな?」

英治が言うとひとみが、

「ひかるのことだから、腰が抜けるほど驚かせたに違いないよ」

と言った。

「よし、それはあとで聞くとして、矢場さんに電話入れるよ」

英治は、受話器を取り上げた。

Ⅵ メコンは流れる

1

三月十日

アユタヤは、バンコクから北七十キロメートルのところにあり、かつてはアユタヤ王朝の都として栄えた（一三五〇〜一七六七年）。

アユタヤ王朝は、外国貿易を積極的に行ったため、世界各国から貿易商が集まった。日本からも朱印船《しゅいんせん》が訪《おとず》れ、十七世紀前半には、八千人もの日本人がアユタヤに移住して、日本人町をつくった。

山田長政《やまだながまさ》は、日本人町の四代目の頭領《とうりょう》となり、王朝の要職についたが、王位継承《けいしょう》の内紛《ないふん》に巻《ま》きこまれ、一六三〇年に毒殺されてしまった。

アユタヤ王朝は、一七六七年、ミャンマー軍の攻撃《こうげき》を受けて滅《ほろ》びるまで、四百十七年、三十三代の王を輩出《はいしゅつ》した。

チャオプラヤ川支流の運河に囲まれた東西四キロ、南北三キロのアユタヤ中心部には、数多くの遺跡《いせき》や寺院が残っているが、瓦礫《がれき》と化した遺跡も多い。

ひとみの説明が終わると、みんなが拍手《はくしゅ》した。

「日本人町の遺跡は、どうなんだ？」

柿沼《かきぬま》が聞いた。

「石碑《せきひ》が建っているだけ」

「昔の光、いまいずこだな」

柿沼が言うと天野《あまの》が、

「それ、荒城《こうじょう》の月じゃねえか？」

と聞いた。

「そうだよ、教養あるだろう？」

柿沼が鼻をうごめかせた。

「古いよ。苔《こけ》がはえてる」

バスは、やっとバンコク市内の渋滞《じゅうたい》を抜《ぬ》けて、アユタヤに向かう道に入った。

周囲は、穏《おだ》やかな田園風景がひろがっている。

「純子《じゅんこ》、朝は何を食べた？」

英治《えいじ》が聞いた。すると日比野《ひびの》が、

「ラーメンに決まってるだろう」

と言った。

「汁《しる》なしラーメンというのを食べたよ。バーミー・ヘンっていうんだって。辛《から》かった。いまでもまだ口の中がヒリヒリする」

純子が言った。

「おれはカレーを食った。とり肉入りのやつだ」

日比野が言った。

「どうだった？　辛かったか？」

「まあな。だけど、菊地《きくち》には食えないだろう」

日比野は、いつも辛さには強いと自慢《じまん》しているので、ここで辛いとは言えないに違《ちが》いない。

「それでは、ひかる、話してくれよ」

英治が言った。

「私《わたし》のところへやってきたのは、横井《よこい》というやつだったわ。五十歳《さい》くらいで、タヌキみたい。女の手をしっかり握《にぎ》って入ってきた」

横井は部屋に入ると、女をベッドに押《お》し倒《たお》した。

ひかるは、カーテンのかげでその様子を見ていた。

女は、ゼスチュアでシャワーを浴びろと、横井に説明した。

横井は、おまえも一緒《いっしょ》に入れと言ったが、女は言うことを聞かない。ぶつぶつ文句を言いながら、自分だけバスルームに入った。

ひかるは、横井の着ていたものを持って四〇四号室に行け、と女に言った。

そこは柿沼と天野の部屋である。女は部屋を出ていった。

女が出ていって間もなく、横井はバスルームを出てきた。

そこにひかるがいるのを見て、驚《おどろ》いて両手で前を隠《かく》した。

「きゃあ！　強盗《ごうとう》！」

ひかるは、思いきり悲鳴を上げた。

「違う、違う。私は強盗ではない」

「じゃ、だれ？　どうして私の部屋に入ってきたの？」

「女と一緒に……。女はどこへ行った？」

横井はしどろもどろだ。

「出ていって！　さもないと、警察《けいさつ》に電話するわよ」

ひかるがどなったとき、ドアをノックする音がした。

ひかるは、ドアに駆《か》け寄《よ》ってあけた。安永《やすなが》と相原《あいはら》が立っていた。

「なんだ、この男は？」

安永が言った。

「知らない。私が部屋に入ると、バスルームから出てきたの」

ひかるは泣きそうな顔をした。

「あんた、どうやってこの部屋に入った？」

相原が聞いた。

「女があけてくれた」

横井は、消え入りそうな声で言った。

「女？　女はどこにいる？」

「知らない。いなくなった」

「ふざけるんじゃねえ！　勝手に女の子の部屋に入りこんで、何をするつもりだったんだ？　警察に突《つ》き出《だ》すぞ」

安永は、いまにもなぐりそうな勢《いきお》いでどなった。

「誤解《ごかい》だ、誤解だ」

横井は、すっかり動転している。

「誤解と言うなら、事情を説明してもらおうじゃないか？　その前に、服を着たらどうだ？」

相原に言われて、横井は服を探《さが》したが、どこにも見つからない。

「ない」

「ないと言うのは、はだかでこの部屋に入ってきたのか？」

「違う。きっと女が持ち逃げしたのだ」

「いいかげんなことを言うな！」

安永が、横井のほっぺたをなぐった。

「本当なんだ。私はOホテルに泊《と》まっている、横井という者だ。電話してくれてもいい」

「それが、どうしてはだかでここにいるんだ？」

安永が迫《せま》ると、横井は体をそらせた。

「こういうことなんだ」

横井は、ゴーゴーバーで女と会い、このホテルにつれ出したことを、しどろもどろ説明した。

「要するに、買った女に逃げられたということか？」

「そうだ」

横井が言ったとき電話が鳴った。

相原が受話器を取って、あいづちを打った。かけてきたのは純子である。

「さっきの女の通訳《つうやく》から電話だ。あんたの服とパスポートを預かっているって。ただし、渡《わた》すには条件があるそうだ」

「盗《ぬす》んでおいて、条件はないだろう」

横井は不安そうな表情になった。

「返してほしかったら、持ち金を全部出せ、と言っている」

「さいふを持っていったじゃないか？」

「あれっぱかりじゃだめだそうだ。持ってこなければ、パスポートは返さないと言っている」

「そんなばかな……」

横井の顔から血の気《け》がなくなった。

「ばかなと言っても、向こうがそう言うんだからしかたない。いやなら、いやと言えばいい。そのかわり、パスポートは返ってこない。どうする？」

「持っている金を全部出したら、旅行ができなくなる」

「金がなければ、貸してくれる人間を紹介《しょうかい》するそうだ」

「こんなことってあるか？　許せん」

「許せなかったら、そのまま帰るんだな」

「丸はだかで帰れるわけがない。なんとかしてくれ！」

横井は、すっかり低姿勢《ていしせい》になった。

「じょうだんじゃない。こちらはあんたを、警察に突《つ》き出《だ》そうと思ってるんだ」

「頼《たの》む。それだけはかんべんしてくれ」

横井は手を合わせた。タイではあいさつがわりに手を合わせる。これをワイという。

「それじゃ、まず詫《わ》び状《じょう》を書くんだな」

「詫び状ってなんだ？」

「決まってるだろう。女性の部屋に勝手に入りこんではだかになったんだ。これは立派《りっぱ》な犯罪《はんざい》だ。警察につかまれば、日本にも報道されるだろう」

横井は頭をかかえていたが、しばらくして、

「なんでも言うようにする」

と小さな声で言った。

「では、こういうふうに書け」

相原は、紙とボールペンを横井の前に置いた。


「詫《わ》び状《じょう》はなんて書かせたの？」

ひとみが聞いた。

「まず、はだかの写真を撮《と》ったわ。それから、私は日本一の大ばか者です。帰国したあかつきには、店頭に――横井はコンビニを経営してるのよ――その文字とはだかの写真を、一カ月間張り出すことを約束させたわ」

「服はどうしたの？」

「ホテルからお金を持ってこさせ、それと引《ひ》き換《か》えに渡したわ。ただし、パスポートは取り上げたまま。まあこんなところね」

ひかるが言うと、

「やったね。でも、ちょっともの足りないな」

とひとみが言った。

2

アユタヤに近づくと、左手に先端《せんたん》の尖《とが》った仏塔《ぶっとう》（パゴダ）が見えてきた。

これは一五九二年、ミャンマーとの戦いに勝った王が建てた戦勝記念塔で、高さは七十二メートルあると、内山が説明してくれた。

バスは、アユタヤの中心街で停まった。

「あれが、ワット・プラ・マハタートだ」

内山が指さした先に、三つのパゴダが見えた。

近づいてみるとめちゃめちゃに壊《こわ》されて、瓦礫《がれき》がころがっている。

「十八世紀、ミャンマーの攻撃《こうげき》で完全に破壊《はかい》された。あのワット・ラジャブラナもそうだ」

これは十五世紀前半に建てられた寺院だそうだが、ここもミャンマー軍によって無残に破壊されている。

アユタヤには、かつて五百五十も寺院があったといわれているだけに、至《いた》るところにパゴダがあったが、そのすべてが、かつての戦いをしのばせるほど破壊されている。

草むらに横わっている釈迦《しゃか》像が見えた。この寝《ね》釈迦は全長二十八メートル、高さは五メートルある。

巨大な仏陀《ぶつだ》は蓮《はす》の花を枕《まくら》に、優《やさ》しい笑顔を浮《う》かべている。

「いい顔してるな」

中尾《なかお》が言った。そう言われてみると、なぜか心のなごむ顔だった。

「旧日本人町は、何も残っていないから、行ってもつまらない」

内山《うちやま》に言われたので、日本人町に行くのはやめた。

それよりは、中心街をもっと見てまわったほうがいい。ざっと見るだけで三時間、くわしく見れば三日はかかると、内山が言った。

シンガポールやマレーシアでは、太平洋戦争の傷痕《きずあと》がまだ生々しく残っていたが、ここの遺跡で見る戦いの痕は、時間によって風化され、いまは南国の陽光にさらされて、廃墟《はいきょ》が美しく感じられる。

「人間って、どうして戦わなくちゃいけないの？」

純子が言った。

「どうしてだろう？」

英治にもわからない。

仏教もキリスト教も、何千年も前から、争ってはいけない、人を殺してはいけないと教えているのに、いっこうにやめようとしないのはなぜだろう？

人間って、殺し合いをやめられない生き物かもしれない。

この廃墟の中にいると、英治は、人間に対して絶望感をおぼえる。

いつか人間はおたがいに、殺し合いをして自滅《じめつ》してしまうのだろうか?

アユタヤを見てバンコクにもどると、もう三時をまわっていた。

チャオプラヤ川のワット・サイ水上マーケットを見たかったが、その時間もなくなった。

「タイの古典舞踊《ぶよう》が見たかったな」

ひかるが言った。

「おれは、ムエタイを見たかった」

天野が言った。

「ムエタイって何?」

純子が聞いた。

「キック・ボクシングのことさ」

「またタイに来ればいいさ。では、ワット・ポー涅槃《ねはん》寺に行って、リクライニング・ブッダを見よう」

内山が言った。

「リクライニング・ブッダって、寝釈迦のこと?」

中尾が聞いた。

「そうだ。ここの寝釈迦は黄金なんだ」

内山につれられて、ワット・ポーに行った一同は、黄金の寝釈迦を見てから、チャオプラヤ川の沿岸《えんがん》に出た。

「ほら、あれが暁《あかつき》の寺、ワット・アルンだ」

内山が指さす川の向こう岸に、陽光を受けたパゴダが輝《かがや》いて見えた。

「高さは八十メートルある。日の出と日暮《ひぐ》れどきになると、もっと美しく、神秘的《しんぴてき》になる。アルンというのは暁という意味だ」

内山が言った。

「内山さんとも、もうすぐお別れですね。いろいろお世話になりました」

英治が言った。

「礼を言うほどのことじゃない」

内山は醒《さ》めている。

「これから、どうするんですか？」

相原が言った。

「何か見つけるまで、アジア無宿をつづけるさ」

「いつまで？」

ひとみが聞いた。

「それはわからん」

内山は、暁の寺に視線《しせん》を向けたまま言った。

それも一つの生き方かもしれない。

英治は、内山の横顔を見て思った。

「旅をしていると、いろんな人間に会う。いいやつもいるし、悪いやつもいる。だから、旅は面《おも》白《しろ》いんだ」

「おれ、スリルとサスペンスを十分味わった」

英治が言うと天野が、

「おれも、アジア無宿をやりたくなったな」

と言った。

「それじゃ、ここに残るか?」

内山に見つめられると、

「やっぱりやめとこう」

「おれは、日本という国を捨《す》てて外へ出たんだけれど、君たちを見ていると、日本も捨てたものでもないな、と思えてきた」

「そうですよ。ぼくは夢を捨ててはいません。ぼくらの友だちで、白血病で死んだ女の子に言われたんです。夢を持ちつづけろって」

英治は突然、冴子《さえこ》のことを思い出した。

ここに、一緒《いっしょ》につれてきてやりたかった。

「夢か……」

内山は、まばたきもせず、ずっと暁の寺に目をこらしている。

この人は、アジアをあてもなく漂《ただよ》って、いったい何を考えているのだろう？

それとも、何も考えないのだろうか？

「道路が混《こ》むから、もうそろそろ空港に行ったほうがいい」

みんなのほうに視線を向けて、内山は言った。

「お別れですね」

久美子が、こんなことを言うのは珍《めずら》しい。

「また、どこかで会えるかもしれない。それとも、一生会えないかもしれない」

「会えるよ、きっと。そんな気がする」

ひとみが言った。

英治も、なんだか会えそうな気がした。

「これからも、元気でやれよ」

「ええ、内山さんも。さようなら」

全員が言った。

内山は、手をふりながら、ひょうひょうとした足取りで去っていった。

「バンコクも楽しかったね」

ひとみが言った。

「今夜はホーチミンか。ベトナムでは、何が待ちうけているかな」

明日のことはわからない。だから面白いのだ。

3

バンコクからホーチミンへ行くには、空路と陸路とある。

陸路だと、カンボジアを通っていかなければならない。これだと時間がかかり過ぎるので、空路にした。

空路だと、ホーチミンまで一時間半ほどで行けてしまう。

ホーチミン市のタンソンニャット空港は、バンコクのドン・ムアン空港とくらべると、こぢんまりしている。

ベトナムでは、英語はほとんど通用しないということで、矢場がガイドを世話してくれた。

ガイドが空港まで出迎《でむか》えに来てくれたので、バスで市内のホテルに向かった。

ガイドは、自分の名前をベトだと名乗った。

「ベトというと、あの双子《ふたご》のドクちゃん、ベトちゃんのベト?」

ひとみが聞いた。

「そう。これからは、ベトちゃんと呼んでください」

ベトは、流暢《りゅうちょう》な日本語で答えた。

聞いてみると、ホーチミンの総合大学の大学院を出ているということであった。

専攻《せんこう》はアジアの古典文学で、日本の古典についてもよく知っていた。

「ベトナムについて、みなさんご存じとは思いますが、一応、説明させてもらいます」

ベトナムは、東京から約四千キロ。時差は二時間、飛行機だと六時間の距離《きょり》だ。南北に長く、人口は七千二百万人。

日本とは、四百年前から交流をつづけている。

「ベトナムの歴史は、抵抗《ていこう》の歴史といえます。北の大国中国、アジアの大国日本、ヨーロッパの大国フランス。そして世界の超《ちょう》大国アメリカから、息つく間もなく侵略《しんりゃく》されましたが、屈服《くっぷく》せずに戦いました」

ベトの表情は、このとき誇《ほこ》らしげに見えた。

紀元前百十一年には漢《かん》の武帝《ぶてい》によって滅《めっ》され、以後一千年にわたって中国の支配下に入った。

当時、日本では耶馬台国《やまたいこく》の卑弥呼《ひみこ》の時代である。

紀元九百三十九年、英雄《えいゆう》ゴー・クエンが中国の大軍を乗せた兵船を破り、独立を達成。部下のディンが、ベトナムを統一してダイコベトと名づけた。

のち、ディンが部下から殺され、リ（李）王朝が生まれた。

一二二五年、チャン（陳）氏は政権《せいけん》を獲得《かくとく》し、都をタンロンに定めた。

この時代は文学が栄え、国有の文字チュノム（字喃）を作り、中国漢字から独立して自国の文字を持つようになった。

「チュノムですが、現在は研究者の数も少なくなり、このままでは死語になるかもしれません」

ベトは、ちょっとさびしそうな顔をした。

元は撃退《げきたい》したものの、国力は疲弊《ひへい》し、さらに飢饉《ききん》が起こって山岳《さんがく》民族の反乱《はんらん》が起こり、一四〇〇年にはレ・ロイ（黎利）が政権を奪《うば》い、レ王朝は三百六十年にわたって統治した。

その後、北のチン（鄭）氏はハノイ、西のグエン（阮）氏はフェを拠点《きょてん》として争い、南北対立は二百年にわたった。

一八〇二年、グエン・コク・アン（阮福映）はフェを陥落《かんらく》させ、ベトナムの統一をはかり、はじめてベトナムという国名を用いた。

しかし、反乱軍を滅《ほろ》ぼすために、フランスの宣教師《せんきょうし》に頼《たよ》った。のちにベトナムがフランスの植民地となるのは、これが原因《げんいん》である。

フランスは、全土の直接支配を目ざし、一八八二年にハノイを占領《せんりょう》、フェ政権は形骸化《けいがいか》して、実質的にはフランスの植民地になってしまった。

もちろん、フランスに対しても人々は戦った。一九三〇年、ホー・チ・ミンによるベトナム共産党が成立。大蜂起《だいほうき》したが、弾圧《だんあつ》されてしまった。

第二次大戦が起きると、日本軍はベトナムに進駐《しんちゅう》した。

日本は大東亜共栄圏《だいとうあきょうえいけん》をかかげて、アジアの解放をうたったので、ベトナム人は期待したが、日本はベトナムを独立させず、支配下においた。

ベトナム共産党は、日本とフランスに対抗するための救国戦線「ベトナム独立同盟（ベトミン）」を結成した。

一九四五年八月十五日、日本軍が降伏《こうふく》すると、ベトミンはいっせいに蜂起《ほうき》、九月二日、ホー・チ・ミンはハノイで五十万人を前にして、ベトナム民主共和国の独立を宣言《せんげん》した。

しかし、フランスはこれを認《みと》めず、サイゴンを首都としたベトナム共和国を南部に作った。

一九四六年、フランスに対する抗戦を全国民に呼びかけ、第一次インドシナ戦争がはじまった。

一九五四年、ボー・グエン・ザップの指揮《しき》するベトナム軍は、ディエンビエンフーの戦いで、フランス軍を徹底的《てっていてき》に破った。

フランスのあとにはアメリカが出てきて、南ベトナムのゴ・ディン・ジェム大統領を支持した。

一九六〇年、南ベトナム民族解放戦線ができ、第二次インドシナ戦争に突入《とつにゅう》した。

「今回、みなさんはハノイには行きませんが、ハノイの軍事博物館には、南部の解放戦線のゲリラ、北ベトナム正規軍が使った武器が展示されてあります。庭には、米軍機百二十四機を撃墜《げきつい》した三七ミリ対空砲《たいくうほう》と、撃墜されたB52爆撃機《ばくげきき》の残骸《ざんがい》とか、室内には、女性兵士が使って三十三人の敵《てき》を倒《たお》した、カービン銃《じゅう》があります」

ベトが言った。

「ベトナムの女性ってすごいね」

純子は啞然《あぜん》としている。

「この博物館で、もっとも優遇《ゆうぐう》されているのは母親です。兵士となった子ども十人、孫娘《まごむすめ》一人の計十一人を戦争で失った、母親の写真があります。男も女も、子どもも老女も、救国の戦いに立ち上がった末の勝利でした」

英治は胸に迫《せま》るものを覚えた。

小国ベトナムが、超大国に勝った背景《はいけい》には、ずっとつづいた抵抗《ていこう》の歴史があったのだ。

「軍事博物館には、ディエンビエンフーの戦いで使った武器、撃墜したフランス軍輸送機のプロペラなどが展示されてあります。二階奥《おく》のディエンビエンフーの特別室では、当時の記録映画も上映《じょうえい》してくれます」

ディエンビエンフーの戦いでは、フランス軍の一万六千人が、死傷《ししょう》または捕虜《ほりょ》になり、ベトナム軍の死傷者は、その倍近い二万五千人である。

長さ二十キロ、幅《はば》五キロの盆地《ぼんち》に、これだけの血が流れたのだ。

フランスがベトナムを侵略《しんりゃく》した歴史は長い。

そのさい採用したのが、フランス文化を押《お》しつける伝統的な植民地政策《せいさく》である。

中国の影響《えいきょう》を除《のぞ》こうとしたフランスは、文字を改革《かいかく》した。それまで使われていた漢字やチュノムの使用を禁止し、クオックグを強制した。それ以来、一般《いっぱん》のベトナム人は漢字を読めなくなった。

帝国主義《ていこくしゅぎ》時代、ヨーロッパの列強は、占領した植民地でさまざまな統治をしたが、イギリスが現地に議会を確立して、現地の人による統治を行ったのに対して、フランスは現地の文化や伝統を奪《うば》い、自国の文化を押しつけることにつとめた。

人々を教育のないままにしておく愚民《ぐみん》政策も、この国の植民地政策の特徴《とくちょう》である。

この植民地政策を踏襲《とうしゅう》したのが日本だ。朝鮮《ちょうせん》半島や台湾《たいわん》の人々に日本語や日本の習慣《しゅうかん》を押しつけ、皇民化《こうみんか》教育を徹底し、名前も日本風に改名させた。

こうした文化の収奪《しゅうだつ》が、住民の恨《うら》みを買わないわけがない。

フランスはさらに第一次大戦のさい、ベトナムを含《ふく》めたインドシナから十万人を集め、フランス兵士としてヨーロッパの戦争に送り、ベトナムの民族主義者を徹底的に弾圧し、拷問《ごうもん》、処刑《しょけい》した。

フランス軍といっても、実際に戦ったのはフランス人だけでなく、外人部隊がいた。

ベトナム戦争のときも、米軍、南ベトナム軍に混じって、韓国《かんこく》、イタリア、フィリピン、オーストラリア、ニュージーランドなどの兵士が参戦した。

韓国軍は、最大時には四万五千人を駐留《ちゅうりゅう》させ、一九七三年の撤兵《てっぺい》までに延《の》べ三十一万人の兵力を送り、一万二千人の死傷者を出した。

派兵《はへい》のきっかけは米国の要請《ようせい》だ。

「アジアの共産化阻止《そし》」という、彼らにとっての大義に共鳴する形になったが、実際には援助削《えんじょさく》限《げん》の脅《おど》しをかけた米国に対して、「義理」と金で協力せざるを得なかったといわれる。

しかし、韓国兵がベトナムの解放軍兵士を殺せば殺すほど、ベトナム人から嫌《きら》われた。

同じアジア人が、なぜわざわざやってきて同胞《どうほう》を殺すのか、という冷たい視線を浴びた。

「みなさんが高校生だというので、つい話が重くなりました。私が言いたいのは、どの戦争にも、大義を言いますが、そんなものはないということです。ホテルに着いたら、サイゴン川を見に行きましょう。明日は、メコンデルタに行きます」

ベトは、やっと明るい表情にもどった。

彼は、このことをどうしても、日本の若者に話しておきたかったに違いない、と英治は思った。

4

ホーチミン市は、ベトナム戦争が終わる一九七五年までは、サイゴンと呼ばれていた。

ベトナム最大の商業都市で、人口は四百八十万人といわれているが、近郊《きんこう》からやってくる人たちで、六百万人いるか七百万人いるかわからないのが現状らしい。

街はバイクであふれている。バイクのことをホンダというが、そのあふれ方は尋常《じんじょう》ではない。

ホテルを出た英治たちが、道路を渡《わた》ろうとしても、左右から奔流《ほんりゅう》のように走り続けるバイクの切れ目がない。

道ばたに立っていると、どうしたら向こうへ渡れるか、途方《とほう》にくれてしまう。

すると、近くに立っていた人が、ついて来いと手招きした。

その人はバイクの流れの中に平気で入っていく。

英治たちも、おそるおそるそのあとにつづいた。

不思議なことに、バイクは渡る人を避《よ》けて走るので、それほど危険《きけん》でないということがわかった。

渡り終えて向こう側へ着いたとき、純子が、

「イナバの白ウサギみたいな心境だったよ」

と言ったが、たしかに、途中でいつワニザメに食われるか、はらはらしどおしだった。

サイゴン川に出かけた。そこには大きい船が碇泊《ていはく》していて、それが水上レストランになっており、明るく輝いた電気の下で、いくつもテーブルが並んでいた。

しかし、まだ時間が早いのか、客の姿はまばらだった。

しばらくして客が集まると、この船は、河口へのクルージングに出かけるのだそうだ。

昼間の暑さはわからないが、夜の川岸には気持ちのいい風が吹いている。

川に向かってベンチがいくつもあるが、そのどれにも市民たちが腰《こし》かけていた。

英治たちも、あいているベンチを見つけて、腰かけることにした。

昼間見てきたアユタヤの遺跡が、目を閉《と》じると浮かんでくる。

「さっきのベトさんの話、戦争の大義ってのは効いたぜ」

隣《となり》に座《すわ》っている相原が言った。

「あれはジャブだ。これからもっと重いパンチが、ずしんずしんと効いてくるんじゃないか」

「そうだな」

この静かな街が、かつて戦火にさらされていたとは、想像もつかない。

しかし、それはつい二十年前のことだったのだ。

相原の脇《わき》に、小さな女の子がやってきた。

何も言わずに相原の腕《うで》をかかえる。

「どうしたんだ？　この子。親はいないのか？」

英治と相原はまわりを見まわしたが、親らしい人の姿はない。

「こんな小さな子が、夜おそく一人で遊びに来てるのか？」

相原は首をかしげた。

そのとき、女の子が相原に向かって、小さな手を差し出した。

「何かくれと言ってんだ」

英治は、やっとこの子がもの乞《ご》いをしていることに気づいた。
そういえば、ベトナムではこういう子どもが多いということを、何かの本で読んだ。
「おれは金を持ってないよ」
相原は日本語で言った。
夜、ベトナムに着いたばかりで、まだベトナムの通貨と両替《りょうがえ》していない。
しかし、子どもには日本語はわからない。
いつまでたっても、相原にぴったりくっついて、手をひっこめようとしない。
英治は、首と手を左右にふって、ないというゼスチュアを何度もした。
そのうち、やっとあきらめたのか、女の子は行ってしまった。
「ひとみたちも、やられてるかもしれないな」
英治は、ひとみの腰かけているベンチのほうを見た。
女の子が、そちらに向かって歩いて行くのが見えた。
その夜、ホテルの前を走るバイクの騒音は、いつまでもなくならなかった。
翌朝《よくあさ》、ベトが八時に迎えにきた。
いまからミトーまでマイクロバスで行き、それから船に乗って、メコン川を見るのだ。
ホーチミンから南のミトーへは、国道一号線を走ることになる。
ホテルを出たバスは、たちまち左右をバイクに取り囲まれてしまった。

どの車もバイクも、ひっきりなしにクラクションを鳴らすので、その騒音はすさまじい。

いつバイクにぶつかるか、ぶつからないほうが不思議な気がする。

街を通り抜《ぬ》けると、今度は大型トラックが向こうから走ってくる。

窓《まど》ガラスのないぼろぼろバスには、「四条烏丸《しじょうからすま》」という文字が見える。

「え、日本のバス？」

ひとみが言った。

それは日本から輸出された中古バスで、標識をそのままにして使っているのだとベトが言った。

アオザイを着た若い女性たちも、車の間を縫《ぬ》うようにして、バイクを走らせる。

顔には三角形のマスクをしている。これは陽除《ひよ》けと防塵《ぼうじん》用なのだそうだ。

しかし、その運転は、女性とは思えないほど荒《あら》っぽい。

ひとみも久美子も、目を見張っている。

メコン川は、六カ国六千五百キロを流れて、ベトナムでデルタを作り、南シナ海に注ぐ。

この川は、ベトナムではクーロン（九竜）川と呼ばれる。

デルタ地帯で川は九つの支流に分かれるが、それが九匹《ひき》の竜《りゅう》に似ているからだ。

上流からさまざまな栄養分を運んでくるので、土地は肥《こ》えて水田がひろがり、気候も温暖《おんだん》なので果物も豊富である。

メコンデルタで収穫《しゅうかく》された米、野菜、果物などをホーチミン市に運ぶ大型トラックと、ひっきりなしにすれ違う。

そのたびに、ぶつかるのではないかと、ひやひやしっぱなしだった。

一時間半ほど走って、やっとミトーに着いた。

この町は、十七世紀に中国から亡命《ぼうめい》してきた難民《なんみん》がつくった。

ここには、かつて日本人の村もあったそうだ。

町はずれに、風変わりな寺、ビンチャン寺があった。

「これがお寺?」

日比野が首をふったが、中国とフランスを混ぜあわせたような、およそ荘厳《そうごん》とはかけ離《はな》れた、お寺とは思えない建物だった。

これも一千年にわたる中国支配と、最近までつづいたフランス支配が生み出したのだと、ベトが言った。

メコン川に面して船着き場があった。そこでバスを降《お》り、船に乗った。

流れに沿《そ》って下ると、急に川幅《かわはば》が広くなった。

「このあたりで、川幅は三キロあります」

ベトが言った。

青色の水が果てしなくつづき、空に達する。空には入道雲が浮かんでいる。

「ここは、川というよりは海だ。この流れの中にいると、かつての戦争のことも、未来のことも、みんな水の中に溶《と》けてしまいそうだ」

谷本《たにもと》が言った。

「この川は、人間がまだ存在《そんざい》しないときから、流れていたんだろう。そして、やがて人間がいなくなっても、流れつづけるにちがいない」

中尾《なかお》が言った。

「人間がやったいいことも悪いことも、流されて、やがては消えてしまう……」

英治は、いまここにいる自分が、いつかいなくなってしまうのだと思うと、不思議な感慨《かんがい》をおぼえた。

「メコンってすげえ」

安永が、川に向かって大声で言った。

5

ソンミ村は、中部最大の都市グナン市から、南へ百三十キロ行ったクアンガイ市から、さらに車が一台通れるほどの悪路を、十二キロも行ったところにある農村である。

このちっぽけな農村が有名になったのは、一九六八年三月十六日、カリー中尉《ちゅうい》率《ひき》いる米軍部隊が、何の抵抗《ていこう》もしない、女性や老人、子どもたち住民を襲《おそ》い、機関銃《きかんじゅう》で撃《う》ち、手榴弾《しゅりゅうだん》でみな殺しにしたうえ、村を焼き払《やはら》うという事件があったからだ。

虐殺《ぎゃくさつ》されたベトナム人は五百四人。わずか四時間で、人も村も消されてしまった。

「この事件が明るみに出たのは、一年八ヵ月もあとのことで、人権を重んじるはずの米軍が、ベトナムで実際には何をしているかを世界は知り、衝撃《しょうげき》を受けました」

ベトは淡々《たんたん》と話す。

それがかえって、ベトの悲しみや怒《いか》りや、事件の凄惨《せいさん》さを伝えている。

虐殺事件の一帯には、今も「アメリカの侵略強盗《しんりゃくごうとう》に対する怒りをいつまでも心に刻《きざ》む」と書いた門が立っており、草地には白い墓碑《ぼひ》があちこちにある。

米軍は、村を焼き払ったあと、ブルドーザーで一面を平らにした。

水田もつぶし、人間が生きていた痕跡《こんせき》をすべてなくそうとした。

生《お》い繁《しげ》っていた森もなくなり、三キロ離れた海まで見通せるようになった。

しかし、当時十三歳の少女だったタンさんは、そのことをよく憶《おぼ》えている。

水路に隠《かく》れたため助かった。彼女はこう証言《しょうげん》している。

「今も、あのときのことは夢の中に出ます。この怒りはいつまでも決して忘れない。しかし亡くなった人たちは帰ってこない。心配なのは、この残虐な行為を、世界の人々が忘れてしまうことです」

戦争は人を狂《くる》わせる。日本軍の残虐な行為は消せないが、どの国であろうと、侵略者は相手を人間と思わなくなる。それが恐《おそ》ろしい。

自分たちだって、そういう立場になったら、そうならないとは限《かぎ》らない。

英治は、自分が怖《こわ》くなってきた。

メコン川を見て、ホーチミン市に帰ってくると、ベトはみんなを戦争証跡《しょうせき》博物館に案内してくれた。

そこには、虐殺されたソンミ村の農民たちが、折り重なるようによこたわっている写真。二つのベトナム人の首を前に、記念写真なのか、数名が並んでいる写真があった。

ナパーム弾《だん》で顔を焼かれ、男性なのか女性なのかわからない。

手榴弾《しゅりゅうだん》で吹《ふ》き飛ばされて、首と胸の一部だけになったベトナム人の死体を、ぶら下げている米軍兵士。

次の部屋には、拷問の数々が展示してある。

悪名高いコンソン島のトラの檻《おり》。政治犯を南の孤島《ことう》に収容し、立つことも寝《ね》ることもできない狭《せま》い檻に閉《と》じこめた。

十九年間も、この檻に閉じこめられた人の写真がある。拷問のため、両腕がぞうきんをしぼったみたいにねじれている。

次の二つの部屋には、戦争で使われた武器、化学兵器がある。

枯《か》れ葉剤《はざい》を浴びた母親から生まれた、手足のない子ども、目も鼻もない赤《あか》ん坊《ぼう》、指が六本ある赤ん坊……。

枯れ葉剤は、もともとは農薬の除草剤《じょそうざい》で、コード名を「エージェント・オレンジ」という。猛《もう》毒《どく》で発ガン性があり、遺伝子《いでんし》に作用して奇形児《きけいじ》を生む。

庭に出ると、二百年前にフランス革命で使われたものと同じ、ギロチンがある。

ベトナムには、今世紀のはじめに持ちこまれ、フランス植民地政府は、独立を求める人々の首をこれではねていた。

丸い穴があいており、そこへ首を入れると、四・五メートルの高さから刃が落ちてきて、切られた首は、前の容器に入る仕組みだ。

博物館を出た純子は、気持ちが悪くなったと顔を歪《ゆが》めた。

それは英治も同じで、これは悪夢だと思った。

博物館に入るとき渡してくれるパンフレットには、次のような一文が載《の》っている。

回想録「過去を見つめ返そう～ベトナムでの悲劇《ひげき》や数々の教訓を～」の中で、当時のアメリカ国防長官マクナマラ氏はこう述べている。

〝私達は過《あやま》ちを犯《おか》してしまった。重大な過ちを。私達は、将来《しょうらい》の各世代に対して負債《ふさい》を負《お》い続けなければならないだろう。なぜこの過ちを犯してしまったのかを、説明するために。〟

以下の資料は、その〝重大な過ち〟の一部である。

ベトナム戦争を遂行《すいこう》する為《ため》に、アメリカ政府は延《の》べ六五〇万人の若者を動員し、直接戦争に参加させた。ピーク時には、南ベトナムの地に五四三、四〇〇人のアメリカ兵が駐屯《ちゅうとん》していた。（アメリカ陸軍の七〇％、空軍の六〇％、海岳隊《かいがく》の六〇％、海軍の四〇％、二二、〇〇〇のアメリカ企業《きぎょう》が直接ベトナム戦争に従事《じゅうじ》していた。）アメリカは戦争中、七八五五万トンの爆弾《ばくだん》（銃弾は含《ふく》まない）をベトナムに落とし、七五〇〇万リットルの枯葉剤（ダイオキシン含む）を南ベトナムの森林や農村、田畑にばら撒《ま》いた。第2次世界大戦中にアメリカが各戦場に落とした爆弾の量は、二〇五七、二四四トンであった。アメリカ政府の発表した数字によると、アメリカがベトナム戦争中に使った費用は、三五二〇億ドルであったという。

アメリカが北ベトナムに落とした爆砲弾は、ベトナムの各施設を破壊しつくした。高等学校から大学までの各学校二、九二三校、病院、産院、診療所《しんりょうじょ》一、八五〇ヶ所、教会四八四ヶ所、神社、寺四六五ヶ所。現在も、正確な統計は出ていないが、ベトナム戦争中およそ三〇〇万人近くのベトナム人が死亡、四〇〇万人のベトナム人が負傷し、五八、〇〇〇人以上のアメリカ兵が死亡した。

ベトナム人民にもたらされた戦争の後遺症《こういしょう》はあまりに深く、計《はか》り知れない。今日、私達は過去を見つめなおし、歴史に学び、決して恨《うら》みを呼び起こしてはならない。なぜならベトナムの地に再び、あの悲惨《ひさん》な光景が蘇《よみがえ》ることのないように。またそれは、私達の地球上のどんな場所でも、繰《く》り返《かえ》されてはならないものである。

翌日は、ホーチミンの北西七十キロにあるクチに出かけた。

車で農村と田園地帯を走る。水田で働いている農民。ベトナムのどこでも見られる、のどかな風景である。

今から二十年前も、風景は今と変わりはなかったに違いない。

しかし、当時の米軍兵士にとっては、この静けさが、何よりの恐怖《きょうふ》だったに違いない。

敵は、どこかにひそんでいるのだが、それがどこかわからない。

突然あらわれて、攻撃を仕掛《しか》けてくる。

その恐怖のために、精神に異常《いじょう》をきたした米兵が何人もいた。

米国は大量の兵器と兵士を動員しながら、どうしてもベトナムに勝てなかった。

それは、アリと象との戦いであった、ともいわれている。

クチのあたりは、ベトナム戦争の時代に「鉄の三角地帯」と呼ばれた、解放戦線の拠点だった。

米軍は爆撃をつづけ、枯れ葉剤をまいて森をなくしたが、ベトナムの兵士たちは砲撃の間は地下道にもぐり、砲撃がやむと、まるでアリのように地下道から出て、アメリカ軍を攻撃した。

クチには、総延長二百五十キロにも及《およ》ぶといわれる、地下トンネルを手掘《てぼ》りで築いたのだ。

米軍の攻撃を最後まで退《しりぞ》けたこの場所は、ベトナムにとっては「聖地」である。

一般公開して、観光バスもやってくるようになった。入場料を払って建物に入ると、十五分のビデオを見せられる。

日本語のナレーションもあるから、日本人でもよくわかる。

枯れ葉剤をまく米軍機、ナパーム弾で森林は燃える。

家は焼かれ、撃墜した飛行機で、手製の武器をつくる解放軍の兵士たち。

爆弾の雨の中でも、食料を作るために耕作をつづけた。

昼は戦い、夜は耕した。地上での生活ができなくなると、地下へもぐった。

トンネルの中では、芝居《しばい》もやったし、映画《えいが》も上映でき、市場もあった。

地下から突然あらわれ、どこかに姿を消すゲリラに、米軍の将校は、

「ベトコンはどこにも見えないが、どこにもいる」

と、ふるえあがった。

トンネルは、米軍基地の中にまで延びた。

ビデオが終わると、地図と模型《もけい》を使っての説明だ。

このトンネルで常時五千人、多いときは一万五千人のゲリラが暮《く》らしたという。

トンネルの構造模型がある。地下三メートルの一層、地下六メートルの二層、地下八メートルの三層になっており、三層目のトンネルの一方の端《はし》は、川につながっている。

穴《あな》を川につなぐことによって、トンネルにたまった雨水の排出口《はいしゅつこう》の役目をはたしていた。

米軍が水攻《みずぜ》めをしても効果がなかったのは、このせいなのだ。

ベトにつれられて、林の中へ入って行く。

「ここは、もとジャングルだったのですが、枯れ葉剤をまかれたために、若木しか育っていないのです」

そう言われてみると、梢《こずえ》の間から空がすけて見える。

林の中に大きい穴があるのは、爆撃のあとだそうだ。

半《なか》ば崩《くず》れた塹壕《ざんごう》がある。

林の中にちょっとした空地があって、一面に落葉がある。

「この落葉の下に、地下トンネルの入り口がありますが、わかりますか？」

ベトに言われて、丹念《たんねん》に見てまわったがどうしてもわからない。

「ここですよ」

ベトは、足で落葉をどけた。すると、二十センチ、三十センチくらいの木の蓋《ふた》が見えた。

それを持ち上げると、ぽっかりと穴があいた。

「ここが入り口？」

純子が声をあげた。

英治は、中へ入ろうとしたが、胸のあたりでつかえて、それより奥へは入れない。

体の大きい米軍の兵士が入れないよう、わざと小さくしたらしい。

赤錆《あかさ》びた戦車の残骸《ざんがい》が、野ざらしになっている。

「こちらの入り口は、観光用にひろげてあります。実際はもっと狭いものでした」

ベトに言われてトンネルに入る。このトンネルには支柱は一本もない。土が粘土質《ねんどしつ》で固いので、こういうトンネルが掘れたのだそうだ。

トンネルに入ると、急な階段がある。空気がよどんで息がつまりそうになる。それに、やりきれないほどの湿度《しつど》。

ひろげたとはいっても両肩《りょうかた》にふれそうな幅で、天井も低く、腰をかがめなければ歩けない。穴は下ったり曲がったりしているので、先頭に立つガイドの懐中《かいちゅう》電灯が、ときどき見えなくなる。

すると、言いようのない恐怖感に襲われる。もしこの穴の中で迷ったら、永遠に出られないのではないだろうか?

戦争中は、この穴のいたるところに罠《わな》が仕掛けられていたので、米軍は絶対穴には入ってこなかったということもうなずける。

トンネルを抜けると、野戦病院や集会室もあった。どちらも土の中だったらしいが、いまは半地下になっている。

板だけの手術台があり、脇《わき》のガラス戸棚《とだな》には、メスなどの医療器具などが置いてあった。ベッドの頭と足の部分に棒《ぼう》がわたしてあった。これは、麻酔薬《ますいやく》がなくなったので、手足をしばりつけて手術をしたのだそうだ。

食堂に行って、お茶とタピオカを食べた。

「たいしておいしくないね。こんなもの食べて戦ってたのかしら？」

純子が小声で、英治の耳にささやいた。

「調理した煙《けむり》は、敵に見つからないように、ずっと離れた林の中から出るようになっているのです」

ベトが言った。

外に出ると、小屋の中に、解放戦線が使ったさまざまな罠があった。

踏《ふ》むと両側から足に刺《さ》さる罠。家のドアをあけると、無数の槍《やり》が体にぶつかる。

米軍の枯れ葉剤と爆撃に対して、これはあまりにも幼稚《ようち》だが、まだこちらのほうが人間的だという気がした。

枯れ葉剤は、一九六一年から七二年まで十一年間にわたって、ベトナム全土の六分の一の地域でまかれた。

直接浴びた二百万人以上の人が中毒の症状を示し、先天性障害《しょうがい》をもって生まれた子は、約五十万人に上るという。

やっと、クチの見学を終えると、

「どうでした？」

とベトが感想を求めた。

「ネバー・ギブアップ。ぼくらはこの言葉を簡単《かんたん》につかっていましたが、この戦争を戦い抜いたベトナムの人たちの強さに、ぼくらは言葉もありません。何が彼らをこんなに強くさせたのでしょうか？」

相原が、逆に質問した。

「それは、千年以上続いた抵抗の歴史が、こういう民族をつくりあげたのです」

ベトが言った。

「ぼくらは、ベトナム戦争のことも、名前だけは知っていましたが、実際のことは何も知りませんでした。日本軍の残虐行為もそうです。そのことを恥ずかしく思います」

相原がきびしい表情で言った。

「いつか、君がジャーナリストになったら、こういう事実を正しく伝えてください」

ベトは、相原の手をしっかりにぎって言った。

6

「今日で八日も旅してるなんて考えられないね。あっという間に過ぎちゃった」

純子は、飛行機がタンソンニャット空港を離陸《りりく》する間、ずっと窓に顔をつけていたが、下にひろがるジャングルや家、田園が視界から消えるのを待って顔を離した。

「着いたときは夜だったから何も見えなかったけど、こうして見ると、すごいジャングルね。アメリカは、この自然にも負けたんだわ」

ひとみが言った。

「日本だったら、あれだけ空爆されたら、全部焼野原になっちゃうぜ」

日比野の言うとおりだ。

「それにしても、クチのトンネルはすごかった。人間って、あんなことができるなんて驚きだ」

中尾が思い出したように言った。

「たった八日間にしては、いろんなものが見えたぜ。あとは香港《ホンコン》で、中国に返還《へんかん》されたあと、どのくらい変わったのか見たい」

相原は、もう国際ジャーナリストらしい視点を持っている。

「あ、そうだ。言い忘れてたけど、きのう夜おそく、矢場さんから電話があった。小黒《おぐろ》はT大の法学部に受かったそうだ。律子《りつこ》は文学部だって」

「やったあ！　あいつ、とうとう悲願を達成したか」

柿沼は、自分のことみたいに喜んでいる。自分が落ちたことは、全然気にしていないようだ。

「明日、何時に成田《なりた》に着くか聞かれたから、ＪＡＬで午後八時二十分に成田に着くと言った。そうしたら、矢場さん迎えに行くってさ」

英治が言うと天野が、

「おれたちもえらくなったもんだな」

と得意そうな顔をした。

「その便で、お客さんが来るんだってさ」

「だれだ？」

「おれたちも知っている人物」

「わかった。あの市会議員たちが帰ってくるのか？」

「そうだよ。どうやら、おれたちと同じ飛行機らしい」

「あいつたち、びっくりするよ、私たちを見たら」

久美子が、ひとみやひかると顔を見合わせて、

「面白《おもしろ》い！　会いたい」

と手をたたいてはしゃいだ。

ベトナム、香港は三時間半で行ける。啓徳《けいとく》飛行場に近づいて飛行機が高度を下げると、香港の夜景が飛びこんでくる。

「きれい！」

純子が歓声《かんせい》をあげた。

「派手《はで》だな。お上《のぼ》りさんと一緒にいるみたいで恥ずかしいぜ」

柿沼が呆《あき》れている。

「きれいなものはきれいなんだから、素直に認めればいいのよ。じゃ聞くけど、カッキーはこれを見て、なんだっていうの？」

久美子がかみついた。

「香港では、約二千軒《けん》あったナイトクラブの中で、返還後、やめた店は一軒もないそうだ。ディスコやクラブは前より繁盛《はんじょう》してるってさ。競馬《けいば》だってそうだって。だから、街に活気があるんだ」

相原が柿沼に代わって言った。

「じゃ、全然変わってないのか？」

柿沼が聞いた。

「金持ちも貧乏人《びんぼうにん》も、売春もスリもいるらしいが、変わったものもある」

「何？」

純子が相原に聞いた。

「スポーツ刈《が》りの年輩《ねんぱい》の男がふえたってさ」

「なんだ、そんなことか……」

「香港は香港さ」

「深圳《しんせん》に行ってみよう。あそこかどうか見てみたい」

相原は前からそう言っていた。

深圳は、香港が中国に返還される前は、香港の新界《しんかい》と国境を接する中国の経済特別区であった。

深圳へ行くには、九龍塘《きゅうりゅうとう》から香港と中国本土を結ぶ、九広鉄路（ＫＣＲ）に乗る。

ここから香港寄りの駅羅湖（ローウー）まで、時間は約四十分。

車窓《しゃそう》から見える風景は、香港から離れるにつれて、高層ビルはなくなり、中国の農村らしくなってくる。

乗客も、香港の街で見かける人より服装《ふくそう》も質素で、明らかに中国本土からやってきたと思われる人が多い。

深圳に入るには、同じ中国ではあってもビザが必要だ。

「どうして？」

とひとみが聞いた。

「自由にしたら、みんな香港に流れちゃうからだろう」

相原が言った。

ビザを持っていない一行は、改札を出て香港出国カウンターに並ぶのだが、それには出境カードを書かなくてはならない。

それを書いて、香港を出国すると、次は入国である。

ビザのない者は二階の事務所に行き、そこで入境カードを書き、料金とパスポートを一緒に出すと、スタンプを押してくれる。

これで、やっと中国に入れる。

ほっとした天野が写真を撮ると、係官がふっ飛んできて、カメラからフィルムを出せと言われた。

ここは、入管を出るまでは撮影《さつえい》禁止だったのだ。

「なんで？」

フィルムを取られた天野は、それまでに撮《うつ》した二十枚《まい》ほどの写真がすべてパーになってしまったので、ぶつぶつ文句を言った。

「まあまあ、あきらめろ」

英治に肩をたたかれて、天野はやっと歩きだしたが、とてもあきらめている顔ではなかった。

入管で思いのほか時間を取られてしまった。今日の午後の便で日本へ帰らなくてはならないので、あまりゆっくりと見物してはいられない。

駅前は広々として、高層ビルが林立している。

ここは、一九七九年に経済特別区に指定されてから、すっかり商業都市になっている。

そのことは本で知っていたが、目の前に見る店には外国製品があふれて、香港と変わりはない。

テーマパークもあるらしいが、見ている暇《ひま》はないので、駅前を少し散歩し、食堂でそばを食べて帰ることにした。

「大した味じゃないね」

と純子が言った。

「今度の旅行でいちばん感じたことは、おれたちは知ってるようで、何も知らなかったことだ。おれたちが教えられた歴史って、なんだったんだ？」

中尾が言った。

「受験のためには、現代史は必要ないんだ。だから受験勉強の秀才《しゅうさい》は、現代史に目を向けようともしない」

柿沼が言った。

「じゃ、カッキーはくわしいの？」

ひとみが聞いた。

「いや、おれはあまり関心がなかった。しかし、これからは違う。現代史は本や人に聞くんじゃなくて、この目でたしかめようと思う」

「それは、すごい進歩だ。それでこそ、今度のグランド・ツアーの意味があったってことだ」

相原が手をたたいた。

「おれも、カッキーと同じことを感じてる。おれがいつか中学の先生になったら、生徒におれが見たことをきちんと教える」

英治が言った。

「香港で最大の変化は、大英帝国《だいえいていこく》の色彩《しきさい》が失われたことだって聞いたけど、たしかに英王室の紋《もん》章《しょう》の獅子《しし》は、気をつけて見ていたけれど、どこにもないな」

相原が言った。

「百年の植民地支配が終わったってことは、中国だけでなく、アジアにとって喜ばしいことだわ」

ひかるが言った。

午後三時四十分の便に乗らなくてはならないので、香港は駆け足で通り過ぎた。

「せっかく来たのに、これじゃ欲求不満《よっきゅうふまん》だわ」

久美子がぼやいた。

「また来ようよ。純子も中国料理の勉強に来るべきよ」

ひとみが言うと、日比野が、

「そうだ。料理人は食うことが勉強だ。料理は頭でなく、腹《はら》で覚えるんだ」

と言った。さすがにうまいことを言うようになった。

「ね、日本人の観光客が少ないと思わない？　香港って日本人だらけだって言われたけど、あまり見かけないよ」

ひかるが言った。

「そういえばそうだな。日本人の香港ブームは終わったのかもな」

英治は、ひかるに言われて、日本人の姿が少ないことに、はじめて気づいた。

帰りの飛行機もがらがらだった。

「やっぱり、ブームは終わったのかもしれないな。もっとも、日本は不景気だからな」

相原は、客席を見まわして言った。

「やつら、ビジネス・クラスにいるはずだ。だれか見てこいよ。やつらに顔を知られてない谷本がいい」

英治が言うと、谷本は席を立った。

しばらくしてもどってくると、

「いたぞ。がっぽがっぽ酒を飲んでた」

と言った。

「陽気だったか？」

「あれは、やけ酒ってところかな」

「成田で、矢場さんはインタビューするの？」

ひとみが聞いた。

「始末書なんかも送ったから、待ちかまえてるだろう」

英治が言った。

「あんなやつたち、徹底的にこらしめたほうがいいわ」

「そうよ、そうよ」

ひとみと純子も、きびしい顔をしている。

「矢場さんに、あいつたちのパスポートを渡せば、もう言い逃《のが》れできないぜ。パスポートを見せてくださいって言われたら、どんな顔するか……。『そんなもの見せる必要はない』『お持ちでないんでしょう？』『ばか言うな』『それでは、このパスポートだれのでしょう？』ってなぐあいだ」

天野がいつもの調子で言うと、みんな爆笑になった。こいつはプロになれる。いつか天野が、テレビに顔を出す日がきっとくる。

英治はそう思った。

「今度の旅は、私たちの一生の思い出の旅になったね」

ひとみが、しみじみと言った。

「そうだね。みんなばらばらになるけど、これからも、みんなずっとつき合おうね」

久美子もまともな顔をしている。

「アメリカだってヨーロッパだって、アジアだって、ひとっ飛びで行けるから、ときどき会おうよ」

ひかるが言うと、

「さんせい。私はどこだって行くよ」

純子が言った。

「中尾と谷本と天野とひとみは、四月から大学生か？」

柿沼が言った。

「羨《うらや》ましい？」

ひとみが聞いた。

「羨ましい。なあ、菊地」

柿沼に言われて、英治は「うん」と答えたが、さほど羨ましくもない。

「一年くらい早くても遅くても、どうってことはないさ」

英治が言うと柿沼が、

「おまえ、一浪《ろう》で入るつもりか？」

と言った。

「そうさ。来年は入る。カッキーも頑張《がんば》れ」

「おれか……。ちょっと無理かな」

「だめだよ、そんな弱気じゃ」

久美子が、思いきり柿沼の背中をたたいた。

ひかるが英治の脇《わき》にやってきて、

「戦争証跡《しょうせき》博物館で見たマクナマラの言葉、われわれは重大な過《あやま》ちを犯してしまった……。これは忘れられない」

「三百万人のベトナム人を殺して、過ちだったとよく言えるよね」

「人間って、いったいなんだろう？　それを考えさせる旅だった」

「それだけ？　彼女は？」

ひかるは、ひとみのほうを見て、小声で言った。

「思い出に残る旅ができた？」

と聞いた。

「チャンスがあったんだ」

英治は、ロッカーの中のことをひかるに話した。

「成功したの？」

ひかるの目が輝いた。

「それが……。運がなかったんだ。九九パーセントまでうまくいったのに」

「運じゃないよ。もたもたしてるからよ。ひとみは待ってたのに……」

「本当か？」

「本当よ。チャンスは一度逃がしたら、もう来ないかもよ」

「脅《おど》かすなよ」

「成功したら、電話ちょうだい。待ってるわよ」

「真っ先に電話する」

ひとみは窓に顔を寄せて、暮れかけた空を眺《なが》めている。

なんにも見えない空を眺めて、いったい何を考えているのだ。

純子がやってきて、

「来年こそ頑張ってよ」

それだけ言うと、行ってしまった。

「彼女、菊地君が好きね」

ひかるが言った。

「そうかな」

「とぼけちゃって……。でも、これからずっと仲良くしよう」

ひかるが手を差し出した。その手を英治はにぎった。

ひかるは、その手を高く差し上げて、

「みんな見て。菊地君は私がもらったよ」

と大きい声で言った。

本書は、一九九七年に角川文庫から刊行されたものに加筆修正をしました。

本作品中の社会事象や風俗、少年法、一般的な用語、呼称などの表現の多くは、発表当時のままであることをおことわりいたします。

宗田　理（そうだ・おさむ）

1928年、東京都生まれ。日本大学芸術学部卒業。父親の死後、少年期を愛知県ですごす。大学入学と同時に上京、出版社勤務を経て作家活動に入る。1979年、直木賞候補作となった『未知海域』で作家デビュー、社会派ミステリーや企業情報小説等で活躍。現在は、名古屋市在住。
映画化された大ベストセラー『ぼくらの七日間戦争』をはじめとする「ぼくら」シリーズのほか、「2年A組探偵局」シリーズ、「悪ガキ7　いたずらtwinsと仲間たち」シリーズ、『痛快！天才キッズ・ミッチー』『13歳の黙示録』『早咲きの花―子どもたちの戦友』など著書多数。

初出　『ぼくらの卒業旅行《グランド・ツアー》』（1997年12月　角川文庫）

「ぼくら」シリーズ25
ぼくらの卒業旅行《グランド・ツアー》

発　行　2018年7月　第1刷　　2023年6月　第5刷
作　者　宗田　理
発行者　千葉 均
　担当　門田奈穂子
　編集協力　遊子堂
発行所　株式会社ポプラ社
〒102-8519　東京都千代田区麹町4-2-6　8・9F
ホームページ　www.poplar.co.jp
印刷・製本　中央精版印刷株式会社

ISBN978-4-591-15927-9　N.D.C.913/286P/19cm

P4032025

「ぼくら」はここから始まった――

もう帰ってくんないかな。
おれたち、いま
おやつの時間なんだ

「ぼくらの七日間戦争」

夏休みを前にした1学期の終業式の日、東京下町にある中学校の、1年2組の男子生徒全員が、姿を消した。いったいどこへ……？　中学生と大人たちの、七日間に及ぶ大戦争。中高生たちの熱い支持を受け続ける大ベストセラー！

服装はすべての基本だ。
服装が乱れれば心も乱れて
非行になるのだ

「ぼくら」のメンバー紹介

イラスト◎加藤アカツキ

菊地《きくち》英治《えいじ》

ぼくらシリーズの主人公。思いやりがありアイディア豊か、いたずら好きで行動的なぼくらのリーダー。ひとみのことが好き？

相原《あいはら》徹《とおる》

英治の親友。クールで冷静、的確な判断で作戦を組み立てる司令塔。たよれるもう一人のぼくらのリーダー。

柿沼《かきぬま》直樹《なおき》

愛称カッキー。キザでナンパだけど憎めないおしゃれボーイ。家は柿沼産婦人科医院。英治とは幼なじみ。

安永《やすなが》宏《ひろし》

仲間思いでかつケンカの達人。大工の息子で、高校に進学せず、働いて家計を助けている。久美子と相思相愛。

日《ひ》比《び》野《の》朗《あきら》

食べることなら誰にも負けない、デブでドジな愛されキャラ。シェフを目指してイタリア料理店でアルバイト中。

天《あま》野《の》司《つかさ》

ぼくらの実況中継担当、マイクを持ったら止まらない。大のプロレス好き。将来の夢はスポーツアナウンサー。

中《なか》尾《お》和《かず》人《と》

運動神経はイマイチだが、塾に行かなくても成績トップの秀才。ぼくらの頭脳担当。メガネが目印。

仲間がいれば ぼくらは無敵だ！

宇《う》野《の》秀《ひで》明《あき》

最初は弱虫だったが、ぼくらの仲間になって強くなった。あだ名のシマリスちゃんを返上してコブラに。過保護ママが有名。

谷《たに》本《もと》聡《さとる》

電気工作ならまかせろの、エレクトロニクスの天才、あだ名はエレキング。いたずらのしかけには欠かせない存在。

すてきな仲間はたからもの

小黒健二《おぐろけんじ》

東大志望のガリ勉タイプ。しかし友だちの有り難さを実感している。

立石剛《たていしつよし》

三代続く花火屋の息子で、自分も花火師として活躍。星にも詳しい。

佐山信《さやましん》

中3の時に長野から転校してきた。聴覚に障害があり、補聴器をつけているせいで、いじめられた経験がある。

秋元尚也《あきもとなおや》

天才的に絵がうまい、ぼくらのアート担当。

矢場勇《やばいさむ》

テレビ芸能レポーター。「七日間戦争」で出会ってから、ぼくらを一番買っている大人。よく相談にのったり、協力してくれる。

木俣研一《きまたけんいち》

英治や相原に憧れる、1年後輩。サッカーの名プレイヤー。

瀬川卓蔵《せがわたくぞう》

「七日間戦争」の舞台となった廃工場で出会ったおじいさん。もとはエリートだったらしいがいまはやさぐれ老人。ぼくらの最大の味方。『ぼくらのコブラ記念日』で死去。

堀《ほり》場《ば》久《く》美《み》子《こ》

市の有力者である父親に反発してスケバンを張っていた最強女子。キックが得意。姐御肌で頼れる存在。安永と相思相愛。

中山《なかやま》ひとみ

ぼくらのヒロイン。華やかで大人っぽい美少女だがじつはけっこうお転婆。英治のことは憎からず思っている…？料亭「玉すだれ」の娘。

橋《はし》口《ぐち》純《じゅん》子《こ》

七人きょうだいの一番上だけに、面倒見がよく、明るくおおらか。中華料理屋「来々軒」の娘。

朝倉《あさくら》佐《さ》織《おり》

おとなしいが大胆なところもある。家が経営していた幼稚園を、ぼくらのアドバイスで「老稚園」に転換。

滝川《たきがわ》ルミ

英治や相原の1年後輩。相原にあこがれて、妹にしてもらった。父親は泥棒!?

石坂《いしざか》さよ

ぼくらも驚くほどいたずら大好きなスーパーばあさん。ルミの父親が服役中、銀鈴荘でルミと暮らしていたことがある。『ぼくらの修学旅行』で死去。

中学生編　全11巻

『ぼくらの危《ヤ》バイト作戦』

療養中の父親に代わり、厳しいバイトで生活を支える安永を助けるため、ぼくらは自分たちでできる金儲け作戦を練り始める。

『ぼくらの天使ゲーム』

七日間戦争のあと、ぼくらが新しく始めたのは、「一日一善運動」。彼らが次々実行する「いいこと」に、大人たちは閉口するばかり。

『ぼくらのC《クリーン》計画』

汚職政治家リストが載っている「黒い手帳」をめぐって、争奪戦が始まった!　マスコミや殺し屋を巻き込んで、大騒動が起こる!

『ぼくらの大冒険』

転校生がやってきた。彼はUFOを呼ぶことができるらしい。さっそくUFO見物に行ったが、2人が行方不明になってしまった…!

『ぼくらの修学旅行』

聴覚障害をもつ佐山が転校してきた。急な転校だったため修学旅行に参加できない佐山のために、ぼくらは自分たちだけの修学旅行を計画する。

『ぼくらと七人の盗賊たち』

春休みの遠足中に、腹痛をおこした宇野がかけこんだのは、なんと泥棒のアジトだった!　ぼくらと七福神との痛快な攻防戦。

『ぼくらの㊙学園祭』

学園祭で「赤ずきん」をやることになったぼくらは、面白くするための知恵をしぼるうちに事件に巻き込まれ、イタリアンマフィアと対決することに!

『ぼくらのデスマッチ』

新たに担任になった真田は「手本は二宮金次郎」という古風な先生。その真田のもとに、「殺人予告状」が届く。誰が、何のために…?

『ぼくらの最終戦争』

ぼくらもいよいよ中学を卒業する。さて、どんな卒業式にするかと策略を練るが、教師たちの警戒態勢も厳重に。中学生編最終巻!

『ぼくらの秘島探険隊』

中2の夏、ぼくらは沖縄へ向かった。銀鈴荘の金城まさから、故郷があこぎなリゾート開発業者の手に渡り、骨も埋められないと聞いたからだ。

高校生編　既刊14巻

『ぼくらのメリークリスマス』

ルミが誘拐され、かつて金庫破りを得意としていた為朝は、宝石店の高価なルビー「赤い花」を盗み出すように脅迫される。黒幕は誰だ?

『ぼくらの秘密結社』

矢場が調べていた中国人殺人事件に巻き込まれたぼくら。中国マフィアに対抗して秘密結社「KOBURA」を結成。最終決戦は花火大会で!

『ぼくらの悪《ワル》校長退治』

ひとみの友人みえの姉は、教師になって津軽の中学へ赴任した。ところがそこで、校長一派からいじめを受けているという。ぼくらは青森に乗り出す。

『ぼくらのコブラ記念日』

いよいよ具合が悪化してきた瀬川老人は、英治たちに息子捜しを依頼した。ずっと隠してきた秘密を打ち明けるためだ。再び瀬川さんに迫る危機に立ち向かえ!

『ぼくらの魔女戦記Ｉ黒ミサ城へ』

フィレンツェに料理修業に行った日比野が、謎の言葉をのこして消えた。今もいるという魔女の仕業なのか?　英治と相原はイタリアに向かう。

『ぼくらのミステリー列車』

高校生になったぼくらは夏休み、鈍行列車であてのない旅に出るが、その途中、自殺しようとしている男女を見つけ、追いかける。

『ぼくらの「第九」殺人事件』

年末の「第九」の合唱に参加することになったぼくら。そこにはひとみの学校のグループ、「セブンシスターズ」もいて……。

『ぼくらの「最強」イレブン』

イタリアにサッカー留学をしていた木俣が帰ってきた。崩壊寸前のサッカー部を立て直すために、部員集めにぼくらが大奮闘するが……。

『ぼくらの大脱走』

高校に入ってからグレてしまった三矢麻衣は、瀬戸内海の孤島にある矯正施設に入れられてしまった。そのひどい実態を知ったぼくらは麻衣を助け出す。

『ぼくらの恐怖ゾーン』

日比野の友人塚本が以前住んでいた赤城の家を訪れると、そこはからくり屋敷だった。あかずの間で次々に起こる変死事件…。2A探偵局の二人が大活躍!

『ぼくらの魔女戦記Ⅲ 黒ミサ城脱出』

城の地下牢に閉じ込められた英治たちを助けるために、日比野やルチアも城へ。魔女交替の契約期限の日が迫り、黒ミサが行われることに。魔女戦記完結編!

『ぼくらの魔女戦記Ⅱ 黒衣の女王』

フィレンツェに行った日比野は、美少女と友だちになった。魔女の資格をもつために闇の組織から追われている彼女と一緒に、日比野はイタリアを駆け回る!

『ぼくらのロストワールド』

安永の妹たちがいる中学校に、「修学旅行をやめないと自殺する」という脅迫電話がかかってきた。ぼくらは中学生たちを助けるために、解決に乗り出した。

『ぼくらの卒業旅行《グランド・ツアー》』

大学受験を終えた英治たちは、難病でこの世を去った中川冴子の思い出を胸に、アジア諸国をめぐるグランド・ツアーへと出発した。そこで目にしたのは——。

新「ぼくら」シリーズ・全3巻

『ぼくらの奇跡の七日間』

星が丘学園中等部2年、ぼくらがいるのは「ワルガキ組」と呼ばれるクラス。さて、ぼくらの住む星が丘で、なぜかおとなだけに、ある症状が発症した。おとなたちは避難を余儀なくされ、子どもたちは居留地=聖域を手に入れる!

『ぼくらのモンスターハント』

本好きの摩耶が書店で偶然見つけた「モンスター辞典」は、街の悪者たちの名前が次々現れる不思議議な本。摩耶はぼくらと手を組んでモンスター退治に乗り出す。

『ぼくらの最後の聖戦』

赤い靴をはいた子どもが次々に失踪する事件が起きた。銅像の前には犯行予告も。魔石「天使の泪」をめぐる闘いもクライマックス。ぼくらは石を守り通せるか?

おたよりの宛先

〒102-8519　東京都千代田区麹町4-2-6　9F
ポプラ社編集部「ぼくらシリーズ応援係」まで